熊熊勇闖異世界 7

くまなの

Illustrator029

Kadokawa Fantastic Novels

▶優奈 'S STATUS_

技能

▶ **異世界語言**
可以將異世界的語言聽成日語。
說話時傳達給對方的內容也會轉變成異世界語言。

▶ **異世界文字**
可以讀懂異世界的文字。
書寫的內容也會轉變成異世界文字。

▶ **熊熊異次元箱**
白熊的嘴巴是無限大的空間。可以放進（吃掉）任何物品。
不過，裡面無法放進（吃掉）還活著的生物。
物品放在裡面的期間，時間會靜止。
放在異次元箱裡面的物品可以隨時取出。

▶ **熊熊觀察眼**
透過黑白熊服裝的連衣帽上的熊熊眼睛，可以看見武器或道具的效果。
不戴上連衣帽就不會發動效果。

▶ **熊熊探測**
藉由熊的野性能力，可以探測到魔物或人類。

▶ **熊熊地圖ver.2．0**
可以將熊熊眼睛看到的地方製作成地圖。

▶ **熊熊召喚獸**
可以從熊熊手套召喚出熊。
黑熊手套可以召喚出黑熊。
白熊手套可以召喚出白熊。
召喚獸小熊化：可以讓熊熊召喚獸變成小熊。

▶ **熊熊傳送門**
只要設置傳送門，就可以在各扇門之間來回移動。
在設置好的門有三扇以上的情況下，可以透過想像來決定傳送地點。
傳送門必須要戴著熊熊手套才能夠打開。

▶ **熊熊電話**
可以和遠方的人通話。
創造出來以後，能維持形體直到施術者消除為止。不會因為物理衝擊而損壞。
只要想著持有熊熊電話的對象就能接通。
來電鈴聲是熊叫。持有者可藉由灌注魔力切換開關，進行通話。

魔法

▶ **熊熊之光**
藉由聚集在熊熊手套上的魔力，可以產生熊熊形狀的光球。

▶ **熊熊身體強化**
將魔力灌注到熊熊裝備，就可以進行身體強化。

▶ **熊熊火屬性魔法**
藉由聚集在熊熊手套上的魔力，可以使用火屬性的魔法。
威力會與魔力、想像呈正比。
如果想像出熊的模樣，威力會變得更強。

▶ **熊熊水屬性魔法**
藉由聚集在熊熊手套上的魔力，可使用水屬性的魔法。
威力會與魔力、想像呈正比。
如果想像出熊的模樣，威力會變得更強。

▶ **熊熊風屬性魔法**
藉由聚集在熊熊手套上的魔力，可以使用風屬性的魔法。
威力會與魔力、想像呈正比。
如果想像出熊的模樣，威力會變得更強。

▶ **熊熊地屬性魔法**
藉由聚集在熊熊手套上的魔力，可以使用地屬性的魔法。
威力會與魔力、想像呈正比。
如果想像出熊的模樣，威力會變得更強。

▶ **熊熊電擊魔法**
藉由聚集在熊熊手套上的魔力，可以使用電擊魔法。
威力會與魔力、想像呈正比。
如果想像出熊的模樣，威力會變得更強。

▶ **熊熊治療魔法**
可以使用熊熊的善良心地治療傷病。

裝備

▶ **黑熊手套（不可轉讓）**
攻擊手套，威力會根據使用者的等級而提升。

▶ **白熊手套（不可轉讓）**
防禦手套，防禦力會根據使用者的等級而提升。

▶ **黑熊鞋子（不可轉讓）**
▶ **白熊鞋子（不可轉讓）**
速度會根據使用者的等級而提升。
根據使用者的等級，可以長時間步行而不會感到疲勞。

▶ **黑白熊服裝（不可轉讓）**
外觀是布偶裝。具有雙面翻轉功能。

正面：黑熊服裝
物理與魔法防禦力會根據使用者的等級而提升。
具有耐熱與耐寒功能。

反面：白熊服裝
穿著時體力與魔力會自動回復。
回復量與回復速度會根據使用者的等級而提升。
具有耐熱與耐寒功能。

▶ **熊熊內衣（不可轉讓）**
不管使用多久都不會髒。
是不會附著汗水和氣味的優秀裝備。
大小會根據裝備者的成長而變化。

149 熊熊前往礦山（勇者前往礦山）

公主（菲娜）被魔女（艾蕾羅拉）俘虜了。

魔女（艾蕾羅拉）應該會給公主（菲娜）住乾淨的房間，讓她穿漂亮的衣服，並讓她睡在柔軟的床鋪上吧。

魔女（艾蕾羅拉）甚至會提供公主（菲娜）美味的食物，殘害她的心靈（胃）。

在勇者（優奈）歸來之前，公主（菲娜）應該會在王都觀光，或是和魔女（艾蕾羅拉）的女兒（希雅）一起玩耍。公主（菲娜）肯定會喜極而泣吧。

救出公主（菲娜）的條件是打倒窩藏在魔女（艾蕾羅拉）所支配的礦山裡的魔偶。

「公主（菲娜），請等我。我一定會打倒魔偶，活著回來。」

勇者（優奈）向被擄的公主（菲娜）許下約定。

必須盡早救出公主（菲娜）才行。勇者（優奈）在心中發誓，背對魔女（艾蕾羅拉）的宅邸，邁開步伐。

……玩笑話就說到這裡，我和菲娜一起在艾蕾羅拉小姐的宅邸住了一晚，隔天才離開。

根據冒險者公會的會長——莎妮亞小姐所說，要前往礦山，從王都出發是最近的。

走出王都之後，我召喚了熊緩，出發前往礦山。

我不時停下來休息，有時也會換乘熊急，走著走著就看見了城鎮。

住在礦山附近的這座城鎮中的人，幾乎都是礦山的相關人員。有需要礦石的人、跟在礦山工作的人作生意的人。人一多，店家也變多了。

最後就形成了這座小鎮。

為了避免引發騷動，我從熊緩身上下來，徒步走向小鎮。

一走進小鎮，我依然是眾人注目的焦點。我把熊熊連衣帽往下拉，遮住臉，盡量不在意周遭的人並尋找旅館。

這座城鎮沒有活力，就像被克拉肯襲擊時的密利拉鎮。這也是因為礦山有魔偶出沒的關係嗎？我想知道礦山的地點和狀況，不知道能不能在旅館問到。

我一邊想著今後的事情一邊走著時，有人從後方向我搭話。

「妳該不會是優奈吧？」

我回過頭，看見護衛學生時巧遇的傑德先生和梅爾小姐，他們身邊還有一男一女。我在先前護衛的時候想起了傑德先生和梅爾小姐，但我應該有在克里莫尼亞的冒險者公會見過另外兩個人，卻沒有印象。我記得的頂多只有性別。

「果然是優奈。」

梅爾小姐非常高興。

「任何人看了都知道。」

有點面無表情的20歲左右女性讓梅爾小姐冷靜一點。

「喔喔，好久不見了，熊姑娘。」

另一名男冒險者向我打招呼。他看起來是所有人中最年輕的。可是就算他說好久不見，我也不記得。我這個人不會記住沒有興趣的事。

「妳怎麼會在這裡？」

「算是來工作吧？」

「妳該不會也是來打魔偶的吧？」

「既然說『也』，就表示傑德先生你們也是嗎？」

嗯，這時待在這裡的話，這個可能性很高。原來C級冒險者指的就是傑德先生一行人啊。

「是啊，我們接了委託，從幾天前就開始打魔偶了。我們今天也有進坑道，才剛回來。」

「狀況怎麼樣？如果已經結束，我就要回去了。」

能這麼輕鬆就好了。我抱著淡淡的期待問道。

「還沒有結束。」

「是嗎？」

就算是C級冒險者，打起來也很辛苦嗎？

我和傑德先生在站在原地說話，梅爾小姐則插嘴說：

「傑德，不要在這裡聊天，要不要回旅館邊吃飯邊聊？」

我往周圍望去，發現有很多雙眼睛看著我們。傑德先生等人是顯眼的冒險者，而和他們在一起的我穿著熊熊布偶裝，這樣不引人注目才怪。而且，這些視線恐怕幾乎都是衝著我來的。

「也對，移動到別的地方吧。」

嗯，我也贊成，而且我也想要早點訂到旅館。如果沒有空房，我就得設置旅行用的熊熊屋了。

我前往傑德先生等人住宿的旅館。我和傑德先生的隊伍成員一邊走在路上，一邊互相進行簡單的自我介紹。

男劍士名叫托亞，感覺是個有點輕浮的男人。另外，一身輕裝且面無表情的女性自稱瑟妮雅。所謂的冰山美人應該就是指像她這樣的人吧。

我跟著傑德先生等人抵達旅館。

找到落腳處之後，接下來得去蒐集關於礦山的情報。話說回來，這座城鎮有冒險者公會嗎？我得在旅館問問這些事才行。

傑德先生一走進旅館，看似老闆娘的人就出聲打招呼。

「傑德，歡迎回來。你們今天也平安回來啦。」

「我們回來了。」

「那麼，情況怎麼樣？」

對於老闆娘的詢問，傑德先生搖了搖頭。

「這樣啊。對了，站在後面那位打扮成熊的小姐是你們的熟人嗎？」

「她是優奈，雖然打扮成這個樣子，不過是個不折不扣的冒險者。她好像也是來擊退出現在礦山的魔偶。」

傑德先生帶著笑容回答。

「冒險者？」

仔細想想，要介紹我還真困難。畢竟世界上應該沒有冒險者會穿著熊熊布偶裝。

「打扮得這麼可愛的小姐竟然是冒險者，真不敢相信。」

老闆娘用狐疑的表情盯著我看。

「我們可以保證她的實力。對了，她想要住宿，有空房間嗎？」

「既然傑德都這麼說了，那準沒錯。還有一個房間是空著的喔。」

看來我不必在鎮外蓋熊熊屋了。

「嗚～真可惜。如果沒有房間，就可以請優奈跟我們睡同一間房了。」

「我們的房間是雙人房耶。」

瑟妮雅小姐反駁梅爾小姐說的話。

「咦~有什麼關係。我可以跟優奈一起睡啊。優奈那麼嬌小，脫掉那身熊熊衣服就躺得下了。」

不，我不會脫的。如果是自己家就算了，在這種不知道會發生什麼事的地方，我不能脫掉熊熊裝備。而且，那樣也會無法召喚護衛用的熊緩和熊急。

由於也訂到房間了，我們一邊吃飯，一邊繼續談論剛才的話題。

「所以，魔偶現在是什麼狀況？」

「現狀就是我們也不清楚。」

「就算打倒魔偶，經過一段時間還是會恢復原狀，雖然好像不會超出一定的數量。到了隔天，幾乎都會變回原本的數量。」

無限增生嗎？如果是遊戲玩家，聽到這種事應該會很高興。根據掉落物品，不只能賺經驗值，還能賺錢。如果這是遊戲裡發生的事，我當然也會很高興。

「我們認為事情跟礦工在最深處發現的魔偶有關。」

根據傑德先生等人所說，礦工在挖洞的時候，挖到了一個寬敞的空間。魔偶就在那個空間的中央。魔偶開始活動，而礦工逃了出來。自從那尊魔偶被發現之後，礦山的洞窟中就開始有魔偶出現。

根據這番話，其中有關連的可能性很高。否則可疑的就是那尊魔偶所在的空洞了。裡面可能有會製造出魔偶的某種東西。

「你們沒有去打倒那尊魔偶嗎？」

首先只要去打倒那尊最可疑的魔偶就行了。如果不對，再想其他方法就好。把可能性一一排除就是問題的解決之道。

「問題是事情沒那麼簡單。愈往深處前進，魔偶就會愈來愈強。」

「鋼鐵魔偶？」

「妳早就知道了嗎？」

「我聽說就是因為這樣，委託難度才會提升到C級。傑德先生你們也打不贏嗎？」

「也不是打不贏，只是很麻煩。」

這我同意。在狹窄的空間內，攻擊方法會受到限制。要打倒鋼鐵魔偶似乎很麻煩。

「可是打得贏吧。繼續前進不就好了嗎？」

「礦工找到的房間前面有個寬敞的空間，那裡有五尊鋼鐵魔偶。一兩尊沒問題，五尊就很棘手了。」

簡而言之，就是因為那五尊鋼鐵魔偶才無法進到深處啊。

嗯～鋼鐵魔偶啊。能在不破壞坑道的情況下打倒它們嗎？

後來，傑德先生等人也跟我說了一些我不知道的情報。

「你們告訴我這麼多好嗎？一般來說不是都會保密嗎？」

如果被承接同一個委託的人搶先，就沒辦法拿到報酬了。真要說起來，我和傑德先生其實是生意上的競爭對手。

「畢竟這次事態緊急。如果有時間，我們也會嘗試各種辦法，但是這次公會要我們快點解決。所以，現在我們想要多一點戰力。而且再這樣下去，委託就會以失敗收場。這會讓我們很困擾。」

「如果我成功打倒目標，你們也算是達成委託嗎？」

「打倒目標的功勞還是會歸實際打倒的人。就算如此，委託也不會被視為失敗。我們會變成協助者，也能拿到一點酬勞。當然，也要有一定的貢獻才行。而且這次因為鋼鐵魔偶的素材很好賣，賺頭也不小。所以，就算告訴妳情報也沒有問題。」

「妳能打倒目標，反而是幫我們一個忙。」

看來就算我打倒目標也沒有問題。既然如此，我就可以不必介意傑德先生等人，放心打倒魔偶了。

「謝謝你們告訴我這麼多，幫了大忙。」

若是我一個人，一定沒辦法這麼簡單就蒐集到這些情報，節省了不少時間。救出公主（菲娜）的日子應該也不遠了。

吃完飯後，我們正要回房間時，旅館入口開始吵鬧起來。

「啊～累死了，累死了。」

「就是啊。真希望不用連續打那麼多鋼鐵魔偶。」

「可是很好賺啊。」

「得感謝鋼鐵魔偶呢。」

「別說這個了，快點吃飯吧。我好餓喔。」

我望向聲音的來源，看見五名冒險者走了進來。我看了一眼，瞬間判斷不要跟他們扯上關係比較好（雖然我也沒資格說別人）。

我只有一個感想：那是什麼打扮？

走在最前頭的男人頭髮不知道是不是天生如此，是鮮紅色，防具也是紅的。如果這裡有牛，一定會襲擊他。

而不知為何，第二個人穿著藍色防具；第三個人穿著綠色防具；第四個人是身披黑色斗篷的魔法師；最後的一點紅（？）大約30歲的女性穿著白色斗篷，簡直就是五色戰隊。

如果把白色和黑色換成黃色和粉紅色就完美了。可是就算異世界可以勉強接受黃色，粉紅色的斗篷可能就不行了吧。

這支五色戰隊走到我們面前。

「嗨，傑德。你的隊伍什麼時候開始養熊當寵物了啊？」

紅色男人看著我這麼說。這句話讓後面的四個人笑了起來。

好，我決定帶著敬意稱呼他們為笨蛋戰隊。

「她是個冒險者，而且跟我們一樣是C級。」

「騙人的吧。你說這隻熊是冒險者？別跟我說笑了。」

笑點在那裡嗎？普通人會吐槽階級的部分吧？吐槽點錯了吧。不，其實沒錯嗎？

「而且你說C級？要搞笑也說些更有趣的事吧。雖然她的存在本身就很好笑了。」

笨蛋紅戰士繼續大笑。

「算了，不說熊的事了。話說回來，你們今天成果如何啊？我們打倒了三尊鋼鐵魔偶，賺得可多了。」

喂，怎麼可以算了。還把別人當寵物看待，要打架我奉陪喔。

他們不理會我的感受，繼續說了下去。

「我們也打倒了三尊。」

「是嗎？你們好像也很拚嘛，可是深處的五尊魔偶要由我們來打倒。我們也會接著打倒最深處的魔偶，結束這份委託。」

笨蛋紅戰士笑著離去。風暴離去後，現場留下寂靜。

從對話內容來看，笨蛋戰隊似乎也認為坑道最深處的魔偶很可疑。

「他的名字叫做巴伯德，和我們一樣是來掃蕩魔偶的冒險者。階級是C，雖然個性有點問題，但他們不是壞人，而且也有實力。」

這麼說來，我記得莎妮亞小姐說過隊伍共有兩組。

那支笨蛋戰隊看起來的確性格惡劣，但既然能打倒鋼鐵魔偶，應該具有一定的實力。

「話說回來，他們竟然把優奈當成寵物，太過分了。她又不是寵物，明明就是吉祥物。」

不，這麼說也不對吧。我既不是寵物，也不是吉祥物喔。我在心裡吐槽梅爾小姐的發言。

「可是按照巴伯德說的話，他們似乎賣到了非常好的價錢。」

「好像是。」

魔偶也是一種魔物，所以打倒之後會歸冒險者所有。我光是想像就覺得應該能賣到不小的金額。

「傑德先生你們沒有賣嗎？剛才你們說打倒了三尊。」

「我們是循正規管道變賣，所以沒辦法賣到那麼多錢。雖然這麼說，價格還是比平常高兩成。」

「聽說他們賣得比平常高五成呢。」

我不知道鐵的批發價是多少，但他們似乎賺了不少錢。這世界和遊戲不同，打倒的魔物會保留原型，所以能賣錢。

150 熊熊潛入礦山 其一

勇者（優奈）為了從魔女（艾蕾羅拉）的手中奪回公主（菲娜）而抵達礦山。

勇者（優奈）的眼前出現了魔偶。魔偶一伸出手臂，就有無數顆小石塊飛過來。勇者（優奈）努力閃避，卻無法完全避開。

啪啪，啪啪。

小石頭打中臉頰，但不會痛。感覺就像被柔軟的東西砸中。這種攻擊是無法打倒勇者（優奈）的。

勇者（優奈）朝魔偶跑去。魔偶為了不讓勇者（優奈）靠近，不斷丟出小石頭。

啪啪，啪啪。

這種虛弱的攻擊根本不痛不癢。勇者（優奈）不停下腳步。

啪啪，啪啪。

勇者（優奈）不理會小石頭，對魔偶揮劍，可是沒有砍中的感覺。勇者（優奈）想使用魔法，卻突然感到呼吸困難。

這是什麼攻擊！

感覺有某種東西壓在臉上。

無法呼吸……

勇者（優奈）無法抵抗未知的攻擊。自己會死於這種不明不白的攻擊嗎……

勇者（優奈）失去了意識。

「……唔哇啊啊！好難受。」

咚。

我挺起身後，有東西從臉上掉了下來。

「熊急？」

變成小熊的熊急在我眼前歪著頭，熊緩則在我的肚子上。

睡覺的時候是最沒有防備的。為了以防萬一，我召喚了小熊化的熊緩和熊急當護衛。

「剛才的夢該不會是你們害的吧？」

看來那些軟軟的攻擊是出自肉球，我會呼吸困難則是因為熊急趴在我的臉上。

「你們為什麼要這麼做？」

我一問，熊急和熊緩就輕輕叫了一聲「咿～」，望向窗外。

陽光從窗外照射進來。看來是因為天亮了，牠們才會叫醒我。我在睡前的確有交代牠們在早上叫醒我……

「謝謝你們叫我起床。可是，下次拜託你們用不會讓我呼吸困難的方法。」

我很感謝牠們叫醒我，但希望牠們不要爬到我臉上，我差一點就要窒息而死了。如果我再晚一點起床，就要上社會新聞了。標題：「布偶裝少女陳屍旅館」。光想就覺得很丟臉。

可是我差點睡過頭，是熊緩和熊急叫醒了我。我應該心懷感激，怨恨牠們就太不近人（熊）情了。

我對熊緩和熊急道謝，召回牠們。我也把白熊服裝換成黑熊服裝，到餐廳吃早餐。

我正在一個人吃早餐時，梅爾小姐和瑟妮雅小姐走過來。我沒有看到傑德先生和托亞。

「早安，優奈。」

梅爾小姐口頭向我打招呼，瑟妮雅小姐則對我微微舉起手。

「梅爾小姐、瑟妮雅小姐，早安。」

「妳等一下要進礦山嗎？」

「我有打算去看看情況。」

畢竟我必須早點完成委託，救出被擄的公主（菲娜）。

「既然這樣，要不要跟我們一起去？」

「跟妳們一起嗎？」

「雖然我們知道妳很強，但妳看起來……」

「只是一隻可愛的熊。」

兩人說完，開始撫摸我的頭。

「因為妳看起來不強，我們很擔心。」

「所以我昨天跟梅爾討論過了。」

我感覺得到兩人擔心我的心意，可是，我個人覺得獨自行動比較方便。雖然我也想看看梅爾小姐等人的實力。

該怎麼辦呢？

總之，我希望她們先停止撫摸我的頭……我這麼想時，兩人不再撫摸我的頭，坐到我旁邊的位子上點早餐。

「可是沒有問過傑德先生不好吧？」

「這種事情不用問傑德也沒關係啦。」

梅爾小姐斷然說道。

不不不，傑德先生是隊長吧，怎麼可以不跟他討論呢？我正在跟女性成員這麼說時，傑德先生他們從二樓走下來。

「妳們起得真早呢。」

「是你們太晚起來了啦。對了，優奈也要跟我們一起去探索礦山喔。」

等一下，我還沒有回答耶，已經確定了嗎？

「嗯，知道了。」

「我也沒問題。」

喂，你們兩個人就這麼答應沒關係嗎！

一般來說，這種時候應該要互相討論、商量等等的吧。

沒有人聽到我的心聲，結果，我們就順理成章地決定一起去了。

來到礦山後，會發現坑道有好幾個入口。

我不知道這座礦山被挖了幾十年還是幾百年，不只有老舊的坑道，也有新開的坑道。

魔偶出現的地點是在最新的坑道內，好像是這幾年才挖掘的。新的坑道有兩個入口，不論從哪條路進入似乎都會在途中會合，抵達魔偶出現的最深處。

笨蛋戰隊好像總是走同一個入口，所以傑德先生等人為了避免紛爭，從另一個入口進入。似乎是為了避免被對方指控搶獵物的情況發生。這是對付笨蛋的正確方式。面對笨蛋時比起擊敗對方，不予理會才是最好的方法。

笨蛋很自我中心、不聽別人說話、喜歡自我陶醉、在腦內把事情解釋成對自己有利的、會失控、失敗的話就怪到別人頭上。在遊戲裡也有很多這種笨蛋。遇到這種笨蛋最好不要靠近。

坑道的入口位於距離城鎮稍遠的地方。一走進坑道，裡頭一片漆黑。我才在想需要魔法的光線時，傑德先生用手觸碰入口附近的牆壁，在坑道內一一點亮了燈光。

看來這裡的構造也和熊之隧道一樣。

魔力線連接著光之魔石，只要按下類似開關的東西，就能點亮坑道內的燈光。

這是每個家庭都會使用的普通照明方式。

坑道的寬度足以讓大型馬車輕鬆通過。路似乎延伸到相當深的地方，從入口無法看出延伸到哪裡。

我試著使用熊熊地圖的技能。

地圖上顯示出坑道的入口部分，似乎可以順利使用。不過，上頭只會顯示自己有經過的地方，但只要當作是自動製作地圖就很方便。

我接著使用熊熊探測。

這前方有幾尊魔偶的反應。但在地圖還沒完成的狀態下，我只看得出來黑色的地圖前方有魔偶。目前我無法得知這些反應是在前方的路上、隔壁的路上還是在地底下。

我們在坑道內前進，由傑德先生帶頭，第二排是梅爾小姐和我，第三排是瑟妮雅小姐和托亞。

「一開始是泥土形成的泥土魔偶，繼續前進會遇到岩石形成的岩石魔偶。」

「泥土魔偶和岩石魔偶打起來很輕鬆是不錯，但缺點就是只有魔石能賣錢。」

泥土魔偶啊。讓它跟我做的熊熊土偶對決看看或許也不錯。也許是因為我正好這麼想，泥土魔偶出現了。這裡是剛才偵測到魔偶反應的地方。

身高大約二點五公尺，手腳都很粗。要是被這麼粗壯的手臂打到，可不是鬧著玩的。更不要說一般人了，會很危險。

傑德先生向隊友下指示後，衝了出去。

或許是一如往常的行動，梅爾小姐用風魔法砍下泥土魔偶的手臂。可是，泥土魔偶沒有停下腳步。接著，傑德先生用劍斬斷了泥土魔偶的腳。泥土魔偶被砍掉腳後，當場往前傾倒。瑟妮雅小姐則跳到無法動彈的泥土魔偶背上，用小刀在它的背上刺出一個洞，把手伸進去取出魔石。

這時，泥土魔偶當場崩毀了。隊伍的合作可說是行雲流水。

托亞並非什麼都沒有做。隊友正在戰鬥的時候，托亞都在戒備著周圍。

取出體內的魔石後，泥土魔偶的身體像鬆落的土石一樣崩塌，變回一堆普通的泥土。

看來魔石似乎是它的動力來源。要停止魔偶的行動，破壞魔石是最輕鬆的方法。

151 熊熊潛入礦山　其二

後來傑德先生等人繼續輕鬆地打倒泥土魔偶。

在我看來，如果是對付泥土魔偶，用風魔法就可以很簡單地獲勝。只要切斷手腳，它們就無法行動了。不過這也是所有魔物的共通點，如果把頭切下來會怎麼樣呢？會停下來嗎？還是會繼續活動呢？

可是傑德先生他們不是砍頭，而是切斷雙腳，或許就代表把頭砍下來也沒用。我一邊參考傑德先生等人的戰鬥，一邊在坑道內前進。

傑德先生和托亞用劍，梅爾小姐用魔法，瑟妮雅小姐則是使用短刀。

也許該說不愧是C級冒險者，他們不慌不忙地一一打倒泥土魔偶。所以我沒有出場機會。

我看著熊熊地圖，已經走過的坑道部分都製作成地圖了。

岔路等地方都有放著看板，看得出出口在哪邊，還有繼續前進會走到何處。

進入坑道看看後，我發現每個入口都會標上「A」、「B」的代號，分支的坑道也會標上「1」、「2」、「3」等數字。

據傑德先生所說，這是為了掌握工作的地點。只要說今天要在「B－1－2－1」工作，其他人也能清楚得知地點。

話說回來，好閒喔。我也想知道魔偶有多強，能不能至少讓我對付一尊呢？

靠傑德先生等人的實力就可以輕鬆解決，所以我根本沒有機會出場。自告奮勇也有點怪。

傑德先生等人一邊確認周圍一邊前進。

前方有四尊魔偶的反應。

在坑道內走了一段路，我們來到一個稍大的空間。這裡有三尊泥土魔偶。

奇怪，另外一尊呢？

我用探測技能確認，它似乎躲在右邊的大岩石後方。

從這裡來看，那邊是死角呢。

傑德先生等人沒有發現那個死角躲著魔偶。

傑德先生等人往眼前的三尊魔偶衝過去。不管是一尊、兩尊還是三尊魔偶，對合作無間的隊伍來說都不成問題。

只不過是泥土魔偶，不管有幾尊都能輕鬆打倒。

可是他們好像沒有發現另一尊的存在，我可以發動攻擊嗎？

如果傑德先生他們直到最後都沒有發現，我就攻擊吧。

突然攻擊出現在死角的魔偶也很奇怪，我決定再前進一點，等它進入視線範圍再攻擊。

順利打倒三尊魔偶的傑德先生等人為了繼續前進，沒有留意那一顆大岩石就往前走去。他們沒有注意到岩石後面有魔偶。我進入攻擊模式。魔偶進入我視野的那瞬間，走在我前方的傑德先生和我身旁的梅爾小姐都同時有了反應。他們發現得很快。我不知道他們是聽到聲音，還是在魔偶進入視野的瞬間發現的，但真不愧是C級冒險者。不過，我已經放出了風魔法。風魔法襲向正要從大岩石後方現身的泥土魔偶，把它的頭部和四肢共五個部位都斬斷。

果然很軟。被大卸八塊的泥土魔偶崩毀，留下了魔石。

泥土魔偶似乎沒有那麼堅硬。也對，畢竟是泥土，應該有限度。它沒有強到要用上以熊來想像的熊熊魔法。

「優奈，妳好厲害。」

梅爾小姐喊道。不，傑德先生和梅爾小姐也注意到了，反應也很快。雖然我沒有看到後方兩個人的反應，但既然前方的兩個人都注意到了，後方的兩個人也有可能已經發現了。

「可是，剛才優奈的舉動很奇怪。在敵人進入視野之前就進入攻擊模式了。」

在後面看著我的瑟妮雅小姐這麼評論我。話說回來，她觀察得真仔細。

「因為我一發現熊姑娘有動作，魔偶就出現了。」

「動作很快。」

看來瑟妮雅小姐和托亞似乎也都發現了。可是我不能說出關於熊熊探測的事。

「是因為女人的第六感吧？」

所以如此模糊帶過。

「女人的第六感？」

傑德先生露出疑惑的表情。可是相反地，梅爾小姐抓起了我的熊熊玩偶手套。

「對吧？女人果然有第六感。可是傑德和托亞都說沒有那種東西。」

「女人真的有第六感。」

瑟妮雅小姐也同意。

「可是，明明沒有根據卻突然說那裡有魔物、這裡有魔物也很怪吧。」

傑德先生這麼說，托亞也點點頭。

「問妳們為什麼知道，妳們也只說是女人的第六感。」

「可是，你曾經被女人的第六感所救吧？」

女性成員說這是女人的第六感，男性成員對此表示無法置信。我的一句話讓隊伍一分為二了。不過，他們都不是認真在爭論就是了。再這樣下去，事情會沒完沒了，於是我決定要轉移話題。

「對了，魔偶就算頭被砍掉也會活動嗎？」

我沒能驗證這一點，於是試著發問。

「會喔，基本上魔偶不管被砍掉哪裡都能繼續活動。要讓它們停止活動的方法有兩個，一個是摘除魔石，另一個是給予足夠的傷害。」

「足夠的傷害？」

「妳知道魔偶的動力來源是魔石吧？」

雖然只是猜測，但我知道，所以點頭。

「給予魔偶傷害，魔石的力量就會減弱。魔石的力量歸零，魔偶就沒辦法活動了。」

原來如此。換句話說，就像即使是物理攻擊，只要持續給予傷害就能讓它們停止活動。這麼說來，岩石魔偶和鋼鐵魔偶也一樣，只要持續給予物理傷害就能打倒。即使無法使用魔法，硬碰硬似乎也行得通。我握緊熊熊手套玩偶。

我從崩散的泥土魔偶體內取出魔石。接著我們往坑道深處前進，走下平緩的斜坡。我看著熊熊地圖走時，地圖出現了變化。剛才的地圖消失，取而代之的是新的地圖。原來如此，繼續前進的話，之前的樓層地圖似乎就會消失，轉換成新的樓層地圖。這一點跟遊戲一樣呢。

因為地圖改變了，我使用探測技能，發現前方有魔偶的反應。

「我想優奈應該沒問題，不過要小心喔。從這一帶開始會有岩石魔偶出沒。」

我乖乖點頭。

「岩石魔偶很強嗎？」

「岩石魔偶的硬度就像是用魔力稍微強化過的岩石。妳只要想像成會動的岩石就行了。」

就算說是用魔力稍微強化過的岩石，我也不太清楚。簡單來說，就是比普通的岩石還要硬吧。我想熊熊魔法應該不至於打不贏。就請大家讓給我一尊，當作練習對象好了。

在坑道內稍微前進後，我們遇到了岩石魔偶。岩石魔偶是由大大小小的石頭與岩塊組合而成的魔偶，感覺只要揍個一拳就能輕鬆打散了。

岩石魔偶一發現我們的存在就揮舞手臂，把大小相當於棒球的岩塊扔過來。

時速一百六十公里（我自己的想像）的超速球襲向帶頭的傑德先生。

梅爾小姐站到傑德先生的前方，用土魔法做出有點傾斜的牆壁，擋下攻擊眾人的石頭。

岩石魔偶想再度扔出岩塊時，傑德先生從梅爾小姐製造的牆壁後方衝了出去。

岩石魔偶的注意力被傑德先生吸引，將身體轉向傑德先生。這時，梅爾小姐以石攻石，用魔法做出足球大小的岩塊，破壞岩石魔偶的腳。岩石魔偶失去平衡，卻還是揮舞手臂，想投擲岩塊。不過，瑟妮雅小姐朝岩石魔偶的手臂關節部分射出小刀，阻止它的行動。傑德先生和托亞趁機一口氣縮短距離，加以攻擊。

給予一定的傷害後，岩石魔偶停止活動，連接的部分全部崩解，化為岩石及一座石堆。跟普通的魔物不一樣，感覺真奇怪。

後來又出現了幾尊岩石魔偶，但傑德先生等人一一打倒了。

梅爾小姐會用魔法破壞它們的腳，瑟妮雅小姐則對關節部分投擲小刀，妨礙魔偶的行動。傑德先生和後方的托亞會趁機攻擊魔偶。每個人都不慌不忙，很清楚各自的職責。看著這套標準作業流程般的戰鬥方式，讓我回想起經常玩遊戲的時光。

戰鬥演變成固定模式，有效率地賺取經驗值。我以前也常常做這種事。當然了，我是跟人家組隊練功的。

雖然只是偶爾……但我也有經驗喔。

我也想跟岩石魔偶打一次看看。或許是因為我這麼想，我們來到稍微寬敞的空間，出現了五尊岩石魔偶。我能分到多的魔偶嗎？

「傑德，怎麼辦？」

梅爾小姐問。先前最多也只有同時遇到兩尊岩石魔偶，現在的數量是兩倍以上。傑德先生看著我。

「優奈，可以把其中一尊交給妳嗎？」

「可以啊。」

喔喔，終於輪到我了，而且還是人家拜託我，這就代表他們信任我吧。雖然我有很多想嘗試的事，但我想知道它們的耐久度，就先用熊熊鐵拳好了。可是我也想試試魔法。

「謝謝妳。我們打完會馬上過去。」

所有人各自往岩石魔偶走去。我還在猶豫要用什麼方法攻擊時，岩石魔偶靠了過來。我先躲開岩石魔偶對我伸出的手臂，用力朝它的胸口打出熊熊鐵拳。

岩石魔偶飛了出去，撞上牆壁，然後崩毀。真是漂亮的三段動詞活用。

呃，一記熊熊鐵拳就解決了？

我看向周圍，其他四人都目瞪口呆。戰鬥的時候東張西望很危險喔。四人馬上集中精神，對付眼前的岩石魔偶。

我還是去幫忙他們比較好吧。我走向另外四人對付的岩石魔偶，使出熊熊鐵拳。剩下的四尊岩石魔偶也撞上牆壁並崩毀。

好弱。

「優奈，妳真的很強呢。」

「就跟傳聞一樣。」

兩名女性向我走來。

「看來妳一個人打倒黑蝰蛇和虎狼的事情都是真的。」

「我沒想到熊姑娘會這麼強。」

嗯～既然岩石魔偶這麼弱，鋼鐵魔偶應該也沒問題吧？

152 熊熊潛入礦山 其三

自從我一拳打倒岩石魔偶之後，傑德先生等人看我的眼神就改變了。

「這個小不點是哪裡藏著那麼強的力量啊？」

個子高的托亞拍拍我的頭說道。

「真難想像我們同樣都是女人。」

瑟妮雅小姐隔著熊熊布偶裝觸碰我的上手臂。

「嗯～好軟喔。」

很軟是指什麼？熊熊布偶裝嗎？還是我的上手臂？

總之，我甩掉他們兩個人，繼續往前走。因為我剛才的活躍，走在坑道內的順序改變了。不知道為什麼，柔弱的我和傑德先生一起走在最前方。

梅爾小姐說著「我會掩護你們，放心吧。」往後退了一步。

突然改變隊伍的陣型不好吧？我心裡這麼想著，但仍走在前頭。

不過，岩石魔偶比我想像的弱，我沒想到能那麼簡單就打贏。問題是我應該不能再用更強的力道攻擊。光是使用剛才的力道，岩石魔偶撞上牆壁時就有小石頭和土砂從上方掉下來。

「坑道姑且有用土之魔石強化過，應該不會因為一點衝擊就崩塌。」

看來這裡也和熊之隧道一樣，有用土之魔石提昇強度。

可是，剛才的威力讓坑道稍微有土石崩落。坑道崩塌的可能性很高，所以我不能用更強的力道戰鬥。

結果，因為坑道的強度不怎麼高，所以我為了不傷到牆壁，小心地用熊熊鐵拳解決岩石魔偶。

「立場完全逆轉了呢。」

傑德先生看著用一記熊熊鐵拳打倒岩石魔偶的我說。

「幸好那個時候沒有開她玩笑。」

「要是做出那種事，托亞也會落得跟魔偶一樣的下場呢。」

「我會確實幫你在墓碑上寫著『托亞，遭熊襲擊，長眠於此』。」

「別擅自咒我死啦。」

除了托亞之外的三個人都笑了。

我們很順利地在坑道內前進，來到不同的樓層。根據傑德先生等人的說法，前方似乎會有鋼鐵魔偶出沒。不同樓層會出現不同強度的魔偶，感覺就像潛入地下城一樣呢。遊戲中有地下城，這個世界也有地下城嗎？

有的話，我想去探險看看。

由於樓層改變了，我使用探測技能，發現有鋼鐵魔偶的反應。

看似最深處的地方有五尊鋼鐵魔偶的反應。這些就是傑德先生和笨蛋戰隊說過的鋼鐵魔偶嗎？這些鋼鐵魔偶的後方有一開始發現的那尊魔偶吧。

可是，我沒有看到應該在深處的那尊魔偶的反應。它是在不同層嗎？

在坑道內前進，來到一個稍微寬敞的空間。看向中央，站著一尊鋼鐵魔偶。體型和岩石魔偶差不多。只不過，它的全身上下都包覆著鋼鐵。

它的手臂很粗壯，就像巨大的鐵鎚。要是被那種手臂打中，毫無疑問會喪命。如果能溝通的話，我很想建議它轉職為木工。

話說回來，它看起來很硬。就算用揍的，應該也沒辦法像岩石魔偶一樣輕鬆打倒。如果使用火焰熊，說不定能融化鋼鐵，但在坑道內使用那種魔法根本是自殺行為。我們會在一瞬間進入一個大蒸籠，缺氧而死。

用水包住它的頭部能讓它窒息死亡嗎？那是不可能的吧。對它潑灑鹽水，讓它因為生鏽而無法動彈呢？可是，生鏽了就無法變賣。而且要等它生鏽，不知道要花費多少時間。

接著是風魔法，但是否能斬斷鋼鐵是問題所在。據說它的強度比普通的鐵更高，用熊熊的風魔法不知道能不能砍斷？

如果是土魔法，也可以做出熊熊土偶來壓制住它，趁機使用物理攻擊。只不過，現在我還想不出「攻擊方法」。

另外也有不戰鬥，挖洞把它們埋起來的方法，可是缺點是亂挖洞可能會造成地層下陷。不只如此，使用這個方法會拿不到鐵的素材。

而且就算埋起來了，如果它們一直存活在地底下，被挖起來的時候就恐怖了。

我決定先看看傑德先生等人和鋼鐵魔偶戰鬥的情況，作為參考。

傑德先生等人準備進入戰鬥。

首先，由梅爾小姐對鋼鐵魔偶放出土魔法做出的土塊。土只要經過壓縮也會變硬，硬度就要看魔法師的技術了。壓縮得愈緊，強度就愈高。

梅爾小姐用土魔法攻擊鋼鐵魔偶後，它一瞬間露出破綻。托亞趁隙發動攻擊，卻被鋼鐵魔偶的鐵臂彈開。這就像在攻擊鐵做的柱子，劍不可能砍斷鐵柱。

鋼鐵魔偶面向托亞時，瑟妮雅小姐繞到它的背後，雙手各握著一把小刀。二刀流？

可是，連托亞用劍都砍不動了，她要用小刀攻擊嗎？

瑟妮雅小姐一瞬間逼近鋼鐵魔偶，砍上它的腳。雖然無法將腳砍斷，卻在鋼鐵魔偶的大腿附近留下了小刀劃過的痕跡。那無疑是瑟妮雅小姐用小刀砍傷的痕跡。

她用小刀砍傷了鋼鐵魔偶？

「瑟妮雅拿的是祕銀小刀喔。」

梅爾小姐對驚訝的我說。原來她有祕銀小刀。可是考量到階級，她有祕銀小刀也不奇怪。托亞和梅爾小姐轉移敵人的注意力，由瑟妮雅小姐從死角發動攻擊。瑟妮雅小姐往同一個部位砍了兩三次，把鋼鐵魔偶的腳砍斷了。

沒了一隻腳的鋼鐵魔偶失去平衡，跌倒在地。

好厲害，竟然用小刀把那隻粗壯的腳砍斷了。瑟妮雅小姐把腳砍下來之後，露出得意的表情。

趁著斷腳的敵人變得行動遲緩時，傑德先生舉劍揮砍。鋼鐵魔偶舉起手臂抵擋攻擊，手臂卻被傑德先生的劍砍了下來。

喔喔，好厲害。

「傑德先生拿的劍也是祕銀做的嗎？」

「是啊。可是就算是拿祕銀做成的劍，也不是誰都能那麼容易砍傷鋼鐵魔偶的。傑德是因為劍術技巧夠好才能辦到。如果是托亞的話，早就被彈開了。」

梅爾小姐為我說明。

的確，如果有祕銀之劍就能輕鬆砍傷鋼鐵魔偶的話，D級、E級的冒險者都去借武器就行了。

這是因為有祕銀之劍和傑德先生的劍術技巧才能辦到。正因為如此，傑德先生等人才會是C

級冒險者吧。這麼一想，用小刀砍傷鋼鐵魔偶的瑟妮雅小姐技巧應該也很高超。

「那托亞拿的是什麼劍？」

「雖然是把好劍，但不是祕銀做的。」

所以才會被彈開啊。不過，其中應該也包含技術的問題。這麼說來，不知道我的劍術技巧是什麼程度。我在遊戲時代也會用劍。雖然也有輔助機能，但我在遊戲內習得了不少技巧。現在多虧有熊熊裝備，我能以接近遊戲的感覺使用劍和魔法。可是，不知道我的劍術如何？雖然我還是能像玩遊戲時一樣揮劍，但說到技術就不清楚了。就算我拿祕銀做的武器，靠在遊戲中習得的劍術能夠砍傷鋼鐵魔偶嗎？

雖然很想試試，但我沒有祕銀武器。

嗚～為什麼買不到啦。

被砍斷手腳的鋼鐵魔偶想要用單腳站起來，卻無法如願。它揮舞著一隻手臂，企圖毆打傑德先生。可是傑德先生躲開魔偶的手臂，往後退了幾步。接下來只要一邊閃躲那一隻手，一邊攻擊就行了。

「唉，如果我也有祕銀之劍就能砍斷鋼鐵魔偶了。」

托亞不甘心地看著傑德先生。

「不可能。」

瑟妮雅小姐一句話就否定了托亞。

聽到瑟妮雅小姐的話，托亞開口想說些什麼，但瑟妮雅小姐卻不給他機會。

「你之前借了傑德的劍還是砍不動。」

因為瑟妮雅小姐搶先說了這句話，托亞不斷開闔著嘴。

「就算給托亞祕銀之劍也是暴殄天物。」

瑟妮雅小姐給托亞最後一擊。傑德先生在這段時間也一邊閃躲鋼鐵魔偶的攻擊，一邊砍傷它。

鋼鐵魔偶的動作漸漸變遲鈍，最後終於崩毀。

鋼鐵魔偶被砍得傷痕累累。這樣就不能當成魔偶雕像裝飾了呢。

我看過傑德先生等人戰鬥的感想是：嗯，我想要祕銀武器。雖然不知道我能不能活用，但沒辦法靠魔法或熊熊的蠻力時應該能派上用場。

瑟妮雅小姐把化為鐵塊的鋼鐵魔偶收進道具袋。我看看壞掉的鋼鐵魔偶，發現它的胸口上有魔石。

如果不考慮賣掉魔石，破壞魔石或許也是一個方法。

「可是，每尊魔偶的魔石位置都不同，很難專門破壞魔石。」

「是嗎？」

「如果能辦到，我們早就打倒之後的五尊鋼鐵魔偶了。」

這麼說來，好像不能一劍就解決敵人。

不知道有沒有招式能像打倒黑蝰蛇的時候一樣，在不造成外傷的情況下破壞體內。讓空氣產生細微的搖晃，將震動打入體內之類的？

我先在腦中記下這個點子，當作其中一個方案。

153 熊熊潛入礦山 其四

將鋼鐵魔偶回收完畢的傑德先生指示大家小歇片刻。似乎是接下來會連續出現鋼鐵魔偶，所以要暫時恢復體力。

「對了，傑德。今天要前進到哪裡？」

托亞喝著飲料問道。

「可以的話，我想走到最深處。搞不好那五尊鋼鐵魔偶不在那裡。」

很可惜，我的探測技能有確實顯示出它們。不只如此，我還發現到令人在意的標記——五個人類的反應。難道是那支笨蛋戰隊？

反應位在距離我們稍遠的位置。繼續前進的話可能會遇到他們吧？

熊熊地圖還是一片漆黑，所以我還不太清楚會在哪裡遇到他們。

不過，笨蛋戰隊距離五尊鋼鐵魔偶比較近。在我們抵達之前，應該會是笨蛋戰隊先遇到鋼鐵魔偶。

就在我看著其他人看不到的熊熊地圖陷入沉思時，傑德先生對我說：

「妳怎麼了？這麼安靜。」

「我在想，真希望有祕銀武器。」

我不能說出關於熊熊探測的事，於是用其他回答來搪塞。

「其實我是來王都找肢解用的祕銀小刀，但是看到傑德先生和瑟妮雅小姐，我也開始想要祕銀做的武器了。」

我說明自己承接這份工作的理由。

「所以妳來王都找祕銀，卻輾轉被公會會長委託了這份工作啊。」

其實是艾蕾羅拉小姐拜託我的，但我假裝是莎妮亞小姐的請求。

「更重要的是，如果我們沒有打倒魔偶就會出動王都的士兵，這是真的嗎？什麼時候會派兵來？」

梅爾小姐追問我。

「我沒有問什麼時候，但是城堡方面在催了，所以可能快了吧。」

我想應該是取決於我的報告，但我沒有說出這一點。

「看來我們真的要加快腳步了。」

傑德先生站起來。

「唉～要是我有祕銀之劍，就可以輕鬆打倒鋼鐵魔偶了。」

托亞一邊站起身，一邊這麼說。

「不要再講這個哏了。沒有人笑得出來。」

「托亞，你不必為了逗大家笑，甚至這樣自嘲喔。」

「沒人要逗妳們笑好嗎！」

托亞對認為他在說笑的梅爾小姐和瑟妮雅小姐大叫。

「等托亞的技術變得更好一點再考慮祕銀之劍吧。」

「呿。」

傑德先生一說話，托亞就乖乖安靜了下來。

祕銀之劍啊。如果由我來拿不知道會怎麼樣。明明是為了取得祕銀才來的，卻又需要祕銀武器，這是什麼爛遊戲啊。

我們結束休息，往深處前進。

鋼鐵魔偶一出現，擔任中衛的梅爾小姐就會放魔法，托亞也會吸引敵人的注意。趁這個機會，持有祕銀武器的傑德先生和瑟妮雅小姐會發動攻擊。他們用這個方法打倒了兩尊鋼鐵魔偶。

繼續在坑道內前進就會跟另一條路會合。這條路該不會是笨蛋戰隊走過的路吧？

我使用探測技能確認。

奇怪？

五尊鋼鐵魔偶的反應消失了。我之前確認的時候確實還存在，現在卻不見了。是笨蛋戰隊打倒了它們嗎？可是我也沒有看到笨蛋戰隊的反應。難道是樓層不同嗎？

傑德先生等人慢慢前進，探頭看進本來有五尊鋼鐵魔偶的空間。我實在不能說：「沒有敵人喔，不用擔心。」所以跟在大家的後頭。

「沒有魔偶呢。」

「是啊。」

「可是這裡有打鬥的痕跡。」

的確，四處都可以看到打鬥的痕跡。牆面崩落，地面上也有幾個凹洞。這個空間應該不會崩塌吧，我只希望不要被活埋。

「該不會是巴伯德他們吧？」

巴伯德？喔，是笨蛋紅戰士的名字吧。因為我在心裡認定他為笨蛋紅戰士，所以有一瞬間不知道他們在說誰。

「只有這個可能了。」

「他們打倒了那五尊魔偶嗎？」

「雖然個性惡劣，但他們有實力。」

明明是笨蛋戰隊，卻似乎很強。如果再早一點來就能看到他們戰鬥的樣子了，真可惜。

「傑德，怎麼辦？」

梅爾小姐一邊戒備周遭，一邊詢問今後要怎麼做。

「這個嘛，難得巴伯德都幫我們開路了，就繼續前進吧。情報愈多愈好。」

「可是如果被巴伯德發現，他不會抱怨嗎？」

「只要別被巴伯德發現就行了。」

「雖然我討厭麻煩事，但身為冒險者，不去不行呢。」

「如果他抱怨，我們回頭就是了。」

為什麼呢？沒有任何人提議跟他們一起戰鬥，解決這份委託。也好，我也不想跟笨蛋戰隊一起戰鬥。如果一起戰鬥，我有自信會不小心用魔法擊中笨蛋戰隊的後腦勺。

決定繼續前進的我們走在坑道內，來到不同的樓層，熊熊地圖也變了。然後，應該是笨蛋戰隊的五個反應和魔物的反應出現了。我看了那個魔物的標記——是祕銀魔偶。

沿著坑道往下走，就可以聽到戰鬥的聲音。

「可惡，怎麼會這麼硬啊。」

「魔法沒有效。」

「因凱，想想辦法啊。」

「沒辦法啦。」

笨蛋戰隊在寬敞的空洞裡戰鬥。

笨蛋紅戰士用劍揮砍，卻被祕銀魔偶彈開。

笨蛋藍戰士用長槍突刺，卻被祕銀魔偶彈開。

笨蛋綠戰士用巨大的鐵鎚攻擊，卻被祕銀魔偶彈開。

笨蛋黑戰士放出土魔法，卻被祕銀魔偶彈開。

笨蛋白戰士放出風魔法，卻被祕銀魔偶彈開。

笨蛋戰隊的攻擊全都無效。物理攻擊和魔法攻擊都被彈開了。

即使如此，笨蛋戰隊依然持續攻擊。從現場情況看來，並不是笨蛋戰隊的等級太低。他們的動作比Ｄ級的戴波拉尼俐落，隊伍成員間也有確實互相合作。

只不過，他們沒辦法給予魔偶傷害。就算如此，笨蛋戰隊還是沒有放棄，跟祕銀魔偶搏鬥。

「那是鋼鐵魔偶嗎？」

「我想應該是……」

「巴伯德手上拿的是祕銀之劍吧。」

「魔偶可能有用魔力加強硬度。」

傑德先生等人看到祕銀魔偶和笨蛋戰隊的戰鬥都很驚訝。看來他們似乎沒有發現那是祕銀魔偶。

笨蛋紅戰士使出沉重的一擊，卻被彈開。

「該死！這個硬度是怎麼回事？」

笨蛋黑戰士又從旁投擲出巨大的岩塊，卻只被砸個粉碎，就算說毫髮無傷也不為過。這對魔法師來說太不利了。在坑道內，魔法會受到限制，而且也要小心別誤傷同伴才行。

物理攻擊不行，魔法也不行。要怎麼打倒祕銀魔偶呢？

我們看著即使如此仍不放棄戰鬥的笨蛋戰隊時，笨蛋紅戰士注意到我們的存在。

「你們是來幹什麼的？」

「只是來看看。如果你被幹掉了，我打算代替你打倒它。」

「開什麼玩笑！老子怎麼可能被幹掉。輪不到你出場，滾回去睡你的大頭覺！敢再繼續看我們戰鬥，我就要收觀賞費了！」

他用手上的劍指著我們。

「而且還帶著寵物熊一起來！」

寵物是指我吧。我看召喚出熊緩，從背後偷襲他們好了。

「我姑且確認一下，你們需要幫忙嗎？」

「不需要！」

笨蛋紅戰士馬上回答傑德先生的問題。

「好，我們走了。如果你死了，我們會把你們戰鬥過的事情報告給公會知道，放心吧。」

「老子才不會死！」

笨蛋紅戰士朝祕銀魔偶跑去。

我個人是希望能再看一下他們的戰鬥，但笨蛋紅戰士太囉嗦了，所以我們決定離開這裡。

嗯～話說回來，祕銀魔偶啊。這下子出現棘手的魔物了。我這種靠蠻力的攻擊會跟笨蛋紅戰士一樣，而且我沒有祕銀武器。

既然如此就要使用魔法，但在坑道內會受到限制。

「他們打不贏的。」

傑德先生邊走邊說。

「嗯，不可能。」

「那是怎麼回事？」

托亞向所有人問道。

「它的確比我們以前戰鬥過的鋼鐵魔偶還硬吧。」

「竟然比鋼鐵魔偶還要硬，我實在不想想像。」

「連巴伯德的祕銀之劍都砍不動。」

「因為技術不好嗎？」

「雖然個性很糟糕，但他的實力足夠使用祕銀之劍。」

「連靠巴伯德的實力都沒辦法砍傷它。」

「既然這樣，去幫他們比較好吧？」

我問道。一個人不行的話，也可以兩個人並肩作戰。

「既然那傢伙都拒絕了，我們不能幫忙。」

「就是這麼回事。如果他找我們幫忙，我們是會幫忙，不然就無法幫他。這就是冒險者之間

的潛規則。」

「因為幫忙之後，可能會為了取得的素材、委託報酬的事情起爭執。當然了，如果有生命危險，我們還是會不在意地伸出援手。」

「可是去幫巴伯德，就只會反過來挨罵而已。」

冒險者並不是正義的夥伴，不會無償幫助有困難的人。解決這次的魔偶問題也是他們承接的工作。雖然是天經地義的事，但他們是為了錢而工作。

因此，笨蛋戰隊不會想要一起戰鬥；笨蛋戰隊不會求助。齊心協力的話明明有可能打倒敵人，他們卻不那麼做。遊戲裡也一樣，參與人數愈少，就能分到愈多報酬。所以這或許也是無可奈何的結果。

我也很想一個人獨佔祕銀魔偶。

我們離開笨蛋戰隊戰鬥的地點，決定今天先回去。回程路上，因為我想完成地圖，所以提議從笨蛋戰隊通過的路回去，傑德先生等人爽快地答應了。

從礦山歸來的我們在旅館吃飯。

「對了，傑德，你打算怎麼辦？」

「什麼怎麼辦？」

「我是說那尊魔偶啦。巴伯德他們看起來應該打不贏。」

「那東西根本砍不動。」

「就算我有祕銀之劍也沒轍呢。」

所有人都無視托亞的話。

「如果巴伯德他們能打贏，委託就結束了。不行的話，我們就聯絡公會吧。」

「也只能這樣了。」

「雖然不甘心，但也沒辦法。」

打倒祕銀魔偶的方法啊。

要不是在坑道內，就能用蠻力打倒了，但是那麼做可能會讓坑道崩塌。在封閉的空間中，熊熊外掛起不了作用。

就算把它埋起來也不算打倒了它。而且就算埋起來，魔偶應該也不會窒息而死。這麼做並不能找出魔偶增生的原因。

最重要的是，我想要祕銀素材。這才是我來到這裡的理由。

吃完飯的我們正在喝茶休息的時候，旅館的入口傳來吵雜聲。

「可惡，那種東西哪打得贏啊！」

「魔法竟然無效，是怎樣啊。」

「太硬了。」

「我已經沒有魔力了。」

「肚子好餓，我們去吃飯吧。」

笨蛋戰隊走了進來。看來他們活著回來了。

「巴伯德，你活著回來啦。」

傑德先生的話和我的心聲相同。

「誰會死啊！」

「所以，你們打倒它了嗎？」

明明從剛才的對話和笨蛋戰隊的表情就看得出來，傑德先生卻刻意這麼問。

「都是因為你們來攪局，害我們沒辦法專心。所以這次我們放了它一馬。」

真不知道被放了一馬的是誰。

「那還真是抱歉。因為我沒想到像巴伯德這麼有實力的人，居然會因為我們的出現就無法專心。」

「呿。」

被這麼一說，他也只能閉嘴。要是反駁，會被認為冒險者的等級很低。

「玩笑就開到這裡，實際上情況如何？」

巴伯德等人在附近的空位上坐下。

「要打倒那傢伙是不可能的。物理攻擊和魔法都無效。就算有效，在它的魔石力量耗盡之前，我們的體力和魔力會先見底。」

「果然不行啊。」

「想跟它對幹的話，你得作好覺悟。」

「你已經放棄了嗎？」

「太不划算了。與其對付那傢伙，打倒其他鋼鐵魔偶賺錢還比較好。那你們打算怎麼樣？有看到我們的戰鬥了吧？」

「我們也不奉陪。沒有方法能打倒它。其實我還希望你能打倒它呢。」

「沒能回應你的期待，還真抱歉啊。」

「這下子得跟公會報告了。」

傑德先生說起從我這裡聽來的事情。

「王都的士兵和魔法師啊，出動騎士階級就能打贏了嗎？」

「他們有人才也有道具，沒問題吧。」

「既然這樣，在王都派兵過來以前，我們要繼續靠鋼鐵魔偶賺錢。」

「巴伯德，謝謝你們的情報。老闆娘！給巴伯德他們一人一杯啤酒，我請客。」

「只請一杯？」

「如果是能打倒它的情報，我就請更多。」

「要是有那種情報，老子不會告訴你，只會自己打倒它。」

巴伯德和傑德先生對彼此笑了。真不知道他們的感情是好是壞。冒險者之間本來就是這樣嗎？

後來，傑德先生等人和笨蛋戰隊一起喝酒直到很晚。

我嗎？當然是回房間睡覺了。

154 被擄的公主篇 其一

優奈姊姊走掉了。

熊熊的圓尾巴離我愈來愈遠。

為什麼事情會變成這個樣子呢？

事情的開端是優奈姊姊拜託我肢解她打倒的黑虎（Black tiger）。

黑虎很堅硬，我的小刀沒辦法切下牠的毛皮。

魔物還活著的時候會用魔力包覆身體，所以比較堅硬，死後沒有魔石供給的魔力，就會變軟。可是黑虎死掉之後的毛皮也很堅硬，用我的小刀沒辦法肢解。我的力氣小也是一個原因，但是要肢解高級魔物，的確需要更好的道具。

我把無法肢解的理由告訴優奈姊姊。結果，優奈姊姊說要去買可以肢解黑虎的小刀。

鋼製小刀應該也能肢解，優奈姊姊卻說要買祕銀小刀。我知道祕銀小刀的價格非常貴。

我當然拒絕了。但是，她說今後可能也會需要用到，不聽我說的話。可是，優奈姊姊說今後會用到，到底是想要叫我肢解什麼呢？

我光是想像就覺得可怕。

可是，克里莫尼亞打鐵鋪的戈德叔叔那裡沒有賣祕銀小刀。不過，優奈姊姊不放棄。優奈姊姊說要帶我去王都。普通人是沒辦法輕鬆前往王都的。可是，優奈姊姊家有個不可思議的熊熊大門。只要走進那扇熊熊大門，就可以神奇地馬上抵達王都。有這種魔法道具的優奈姊姊真厲害。

到了王都之後，我們為了詢問打鐵鋪在哪裡，前往商業公會。我們在路上遇到了諾雅大人的姊姊——希雅大人。希雅大人似乎知道打鐵鋪在哪裡，願意幫我們帶路。

我們順利來到打鐵鋪，但在這裡也買不到祕銀小刀。聽說礦山裡出現了魔物，所以現在很難取得礦石。

可是，優奈姊姊沒有就此放棄，我們接著前往冒險者公會。來到冒險者公會，冒險者們看到優奈姊姊就開始議論紛紛。我害怕地躲到優奈姊姊的背後。

我還以為會有人來找麻煩，冒險者公會的會長——莎妮亞小姐就走了出來，大聲責罵冒險者們。冒險者們一聽，全都安靜下來。她好帥喔。

我們從莎妮亞小姐那裡聽說了關於礦山的事。看來是沒辦法拿到祕銀小刀了。雖然也感覺有點可惜，但是祕銀小刀對我來說還是太早了。

我們死心而要回去的時候，艾蕾羅拉大人出現了。

艾蕾羅拉大人委託優奈姊姊打倒出現在礦山的魔偶。優奈姊姊一開始打算拒絕，卻以祕銀小刀為條件，接下了這份工作。

既然優奈姊姊要去工作，我只要在克里莫尼亞等就可以了吧？因為有熊熊大門，一瞬間就能回去了。可是，艾蕾羅拉大人說了驚人的話：

「既然這樣，菲娜在這段時間就住在我家吧。」

我被艾蕾羅拉大人抱住。我看著優奈姊姊尋求幫助，她也露出慌張的表情。

我們可以用不可思議的熊熊大門回克里莫尼亞的事情不能說出去。優奈姊姊也不知道該怎麼辦。

如果優奈姊姊一個人去工作，我就會落單。我唯獨不想要這樣。可是，優奈姊姊對艾蕾羅拉大人說：「拜託妳照顧她了。」

優奈姊姊～～～～

我在心裡大叫。

熊熊大門的事情是我和優奈姊姊的祕密，所以不能把我們能回克里莫尼亞的事情說出來，更何況，我也不能跟優奈姊姊一起去打倒魔物。所以，我只能留在王都了。

可是，身為平民的我竟然要一個人住在貴族大人的宅邸，光是想像就覺得肚子好痛。我提議讓我自己一個人住在優奈姊姊的熊熊房子裡，優奈姊姊和艾蕾羅拉大人卻都說不行。

嗚嗚，我明明一個人住也沒問題的。

昨晚還有優奈姊姊陪我，但是從今天開始只有我一個人。優奈姊姊一個人出發去打倒魔偶了。我很擔心優奈姊姊，也得擔心自己才行。要是我闖了禍，那就糟了。

為了不給別人添麻煩，我決定乖乖待在房間裡。

可是，我還是不得安寧。

我靜靜地待在房間裡時，艾蕾羅拉大人和身為女僕的史莉莉娜小姐來到我的房間。我只有不祥的預感。史莉莉娜小姐的手上拿著許多用衣架掛著的漂亮衣服。

那是希雅大人小時候穿的衣服嗎？也有可能是諾雅大人的衣服。可是，這些衣服要給誰穿呢？

「哪件適合呢？」

「艾蕾羅拉大人，您覺得這件如何？」

「那件很好呢。不過，妳不覺得這件也不錯嗎？」

「是，我認為很適合。」

適合誰？諾雅大人嗎？還是希雅大人呢？我希望是這樣。可是，我知道不是。她們兩位從剛才開始就不時往我這裡看。我光是想像就覺得肚子好痛。

我知道自己現在正處於很危險的情況。

艾蕾羅拉大人拿起一件衣服看著我。

「菲娜，我們來換衣服吧。」

艾蕾羅拉大人靠近我。艾蕾羅拉大人的笑容好可怕。現在沒有優奈姊姊能幫我，我必須自己拒絕。

我光是想到如果弄髒那件衣服或發生了什麼意外，就害怕得開始發抖。

「我穿這件衣服就可以了，不用了。」

我努力地試著拒絕。

「哎呀，不行啦，要乖乖換衣服才行喔。那件衣服昨天也穿過了吧。」

「我的衣服還沒有那麼髒……」

我往後退一步。可是，艾蕾羅拉大人和史莉莉娜小姐前進了兩步。

「不行喔。女孩子要愛乾淨才行。」

優奈姊姊，救救我……

艾蕾羅拉大人和史莉莉娜小姐靠得愈來愈近。就算想向希雅大人求救，她也已經去學校上課了，不在家裡。這棟房子裡沒有任何人能救我。

我再往後退一步。我撞到後面的床，已經不能再後退了。可是，艾蕾羅拉大人她們走近我。

我已經無處可逃了。

「我就算穿上穿這麼漂亮的衣服也不適合。」

「哎呀，才不會呢。妳穿起來一定很可愛。」

「是，我也這麼認為。因為菲娜小姐很可愛。」

不行了。為了不讓我逃跑，她們從左右兩邊逼近我。
「可是，如果我把那麼貴的衣服弄髒……」
我想辦法逃避。
「弄髒也沒關係喔，我不會生氣的。」
「就算弄髒，我也會負責洗乾淨的，請別擔心。」
「可是……」
我找不到藉口逃避了。
優奈姊姊，救救我……
我的聲音沒辦法傳達給優奈姊姊。
「…………」

結果，我被迫換了衣服。
衣服上縫著可愛的荷葉邊，觸感很舒服，是用高級的布料做成的。
史莉莉娜小姐說過就算弄髒，她也會想辦法，可是弄破的話會怎麼樣呢？
賠償兩個字浮現在我的腦海。我覺得肚子好痛。既然這樣，為了不弄破衣服，我決定在優奈姊姊回來之前像個娃娃一樣待在房間。那樣一來，衣服就不會破掉或髒掉了。
嗯，真是個好主意。

「好了，菲娜。我們出門吧。」

「……咦？」

我的想法只過了幾秒就失效了。

可是，我不放棄。

「我要留在這裡看家，等優奈姊姊回來。」

「菲娜小姐是客人，不需要幫忙看家。優奈大人回來之後，我會通知您的。」

「而且優奈剛剛才出發吧。就算是優奈，短時間內也不會回來。」

對喔。優奈姊姊才剛出發。結果我想不出拒絕理由，只好跟艾蕾羅拉大人一起出門。

我們到底要去哪裡呢？

原來是要去城堡。

媽媽，如果我被處死的話，對不起。

……不行，我要努力避免才行。

要是在城堡裡遇到貴族大人，我不能做出失禮的事。

我會努力活著回去。

155 被擄的公主篇　其二

我和艾蕾羅拉大人來到城堡。我是第二次進入城堡，但是很緊張。那個時候我是跟優奈姊姊一起來，但她今天不在。

「菲娜，妳有什麼想去的地方嗎？」

「……呃……」

突然這麼問，我也不知道該怎麼回答。我根本不知道城堡裡有什麼，只知道上次參觀過的地方。就算去看騎士大人訓練的過程，我也只覺得很可怕。

「……我不知道。」

我思考之後這麼回答。

我緊張得腦袋一片空白，感到愈來愈不安。優奈姊姊，妳快點回來啦。

「妳不用這麼緊張。要是有人想傷害妳，我會代替優奈教訓對方的，就算是國王也一樣。所以妳放心吧。」

我沒辦法放心。如果國王陛下和艾蕾羅拉大人為了我吵架……光想就覺得肚子好痛。

「我想想喔。那麼，我們去那裡吧。」

艾蕾羅拉大人說完，牽起我的手。

我、我們要去哪裡？應該不是要去見國王陛下吧？

艾蕾羅拉大人帶我來的地方是開著漂亮花朵的庭園。

「好漂亮……」

這裡宛如繪本裡出現的城堡中的花園。不對，這裡就是城堡。如果沒有遇見優奈姊姊，我大概不會來到王都或走進城堡，這是我這個平民絕對沒辦法看到的景色。

花壇裡開著許多我從來沒有見過的花，跟森林裡開的花不一樣。待在這裡的感覺好像變成了公主殿下。

這或許是神明在我死前所準備的風景。神啊，謝謝祢……

不行不行，我要努力活著回家才行。爸爸媽媽和修莉都在等我，我不能死在這裡。不管怎麼樣，我看著漂亮的花，讓心情冷靜下來。

這裡開著紅色和藍色、粉紅色、黃色等各種顏色的漂亮花朵。

我慢慢開始平靜下來。躲在這裡不跟任何人見面，靜靜等著時間過去也是個好主意。那樣的話，或許就不用見到貴族大人了。雖然有點自誇，但這個點子真好。

「艾蕾羅拉，妳在休息嗎？」

我們正在賞花時，有人對艾蕾羅拉大人搭話。我轉頭看著聲音傳來的方向，發現有位比貴族大人地位更高的人。他是之前去過優奈姊姊家的人——國王陛下。

怎、怎麼辦？比貴族大人還要了不起的人來了。

我好像果然要死在這裡了。

如果對國王陛下做出失禮的事，會被處死的或許不只是我。我的家人可能全都會被殺光，我也不能逃走。

優奈姊姊，救救我……

「我今天休假。」

「那為什麼妳會在城堡裡？」

「我今天是跟這孩子來散步的。」

艾蕾羅拉大人抱住了我。我整個人僵住，連聲音都發不出來。

「嗯？我好像在哪裡看過這女孩。」

「應該是看過她跟優奈在一起吧？」

「喔～在優奈家的女孩啊。」

國王陛下看著我。我緊張到快死了。

「我、我叫菲娜。」

我拚了命才有禮貌地說出自己的名字。

「妳跟優奈不同，很有禮貌呢。」

國王陛下伸出手，撫摸我的頭。國王陛下離我這麼近，而且還願意摸我的頭。這就是我最後的幸運了吧。

媽媽，永別了。修莉，妳要保重。爸爸，媽媽和修莉就拜託你了。

「哎呀，你這麼說，優奈就太可憐了。」

「那傢伙啊，明明來到城堡，卻沒有一次主動來跟我打招呼。一般來說很離譜吧。」

「這個嘛，因為優奈的目的是找芙蘿拉大人嘛。」

「而且我去芙蘿拉的房間，她就會用『你又來了？』的眼神看我，好像我是個不速之客。那傢伙絕對沒有把我當國王看待。」

優奈姊姊，妳怎麼這樣對國王陛下！優奈姊姊要被處死了。下次遇到優奈姊姊，我要警告她才行。所以，我必須活著離開城堡。

「不過，優奈好像對誰都是這樣。我上次跟克里夫見面時，他也說過類似的話。不過，你不討厭優奈吧。」

「是啊，她對我女兒很好，也幫了我不少忙。最重要的是，她會帶好吃的東西來。」

國王陛下竟然被食物收買了！

雖然我也一樣。

優奈姊姊做的食物全部都很好吃。

國王陛下好像忘了我的存在，很熱衷地聊著優奈姊姊的事。我應該可以不用擔心會對國王陛下失禮了。

……我也曾經這麼想過。

「妳說妳叫菲娜吧。」

國王陛下突然對我說話。

「咿咿！」

糟糕，我嚇一大跳，發出了奇怪的聲音。我沒有想到國王陛下會跟我說話，我還沒有作好心理準備。竟然會在這種攸關性命的時候大意，我真是個笨蛋。

「不要嚇菲娜啦。就算不嚇她，你的臉就夠可怕了。」

「妳隨口說出了很傷人的話耶。算了，我沒有要嚇她的意思，只是想知道她和優奈的關係而已。」

我和優奈姊姊的關係嗎？就算問我和優奈姊姊是什麼關係，我也不知道。朋友？老闆和員工？總之我說出自己知道的事。

「優奈姊姊是我的救命恩人。」

唯有一點是事實。如果沒有優奈姊姊，我早就死掉了。

「救命恩人？」

國王陛下好像很感興趣，這麼問我。

我開始跟國王陛下說自己和優奈姊姊相遇的故事。我好不容易才把話好好說完。

「在森林裡相遇啊。就別的意義來說，妳應該也嚇了一大跳吧。」

我記得那時候撿回一命的我感到安心，又看到打扮成熊的優奈姊姊出現，腦中一片混亂。

「對了，優奈沒有來嗎？」

國王陛下四處張望。

「她今天沒有來。她因為冒險者公會的工作到礦山去了，這段時間菲娜會住在我家。」

「礦山？喔～我有看到報告，聽說礦山有魔偶出現。冒險者公會無法處理的話，要申請出動士兵的許可對吧。」

「請你要確實過目喔，畢竟是要出動軍隊。」

「可是優奈已經去了吧。既然這樣，就不必準備士兵了。」

好厲害。優奈姊姊好像也很受國王陛下信賴。

「是啊，畢竟是優奈。」

「她那副模樣竟然那麼強，我到現在還是難以置信。」

「因為她很可愛嘛。」

是，我也覺得優奈姊姊很可愛。

「那麼艾蕾羅拉，妳接下來要做什麼？」

沒錯，我們差不多該離開這裡了。光是待在國王陛下身邊，我就受到了嚴重的精神傷害，我的精神差不多已經到極限了。時間也快到中午了，我們回宅邸吧。比起待在城堡，待在艾蕾羅拉大人的宅邸還比較輕鬆。我用眼神請求艾蕾羅拉大人。

「菲娜，妳肚子餓了嗎？」

看來她好像懂了。我微微點頭。

「那麼，城堡裡有優奈帶來的伴手禮，我們去芙蘿拉大人的房間吧。」

「食物嗎？」

「可以當午餐。」

「那我也一起去吧。」

他們兩個人說了什麼？是我聽錯了嗎？我聽到接下來要去公主殿下的房間，跟國王陛下一起吃午餐耶。

好像不是我聽錯了。我被艾蕾羅拉大人帶到芙蘿拉大人的房間。

優奈姊姊，救救我……

……幾個小時後。

我順利回到了宅邸。雖然我跟芙蘿拉大人和國王陛下一起吃了午餐，卻不記得味道。連王妃殿下都在途中現身，我的思緒在那個時候就停止了。

既然我能活著回來，應該就表示我沒有闖禍。我倒到床上。

優奈姊姊……妳快點回來吧……

咿～咿～咿～咿～咿～

我聽到什麼聲音。是從哪裡傳來的呢？

我對這個叫聲有印象。我從優奈姊姊給我的道具袋裡拿出一個熊熊娃娃。

果然是這隻熊熊在叫。這是叫作「熊熊電話」的魔法道具，可以跟遠方的人對話。我把「熊熊電話」拿到手上，灌注魔力。

『喂？菲娜，聽得到嗎？』

『妳那邊還好嗎？』

「優奈姊姊！」

「優奈姊姊，我一點也不好。艾蕾羅拉大人逼我換上漂亮的衣服、帶我去城堡，還見到了國王陛下。後來，還跟國王陛下和王妃殿下一起吃午餐……」

『很正常嘛。』

「就算對優奈姊姊來說很正常，我也緊張得連吃下去的麵包味道都吃不出來了。」

『可是，妳很開心吧。』

「我才不開心。不說這個了，優奈姊姊，妳的工作怎麼樣了？」

『嗯～我今天才剛到這裡，還不知道會怎麼樣。』

「是嗎？」

『不過我會盡量早點回去，妳就在王都好好地玩吧。也可以去買土產送給堤露米娜小姐他們。』

我有從優奈姊姊那裡拿到可以自由使用的錢。金額相當大。我說自己不需要，想要還給她時，她硬要我收下。我基本上都在艾蕾羅拉大人的宅邸吃飯，不會用到錢。所以我不需要這些錢。

而且，我有點害怕一個人在王都散步，也不會去買東西。

「優奈姊姊，請妳快點回來。」

『了解，我會盡量早點回去。』

我聽不到優奈姊姊的聲音了。聽過優奈姊姊的聲音之後，我覺得心情平靜下來了。

不過，這個道具是怎麼傳遞聲音的真的是個謎。我把「熊熊電話」收起來。

剛好在這個時候，史莉莉娜小姐來叫我去吃飯了。

156 熊熊潛入礦山 其五 鋼鐵魔偶篇

傑德先生等人和笨蛋戰隊在餐廳開起酒宴，所以我早早逃回了房間。

沒有什麼人比醉漢更糟糕了。醉漢聽不懂人話還會糾纏別人，很煩。住在旅館的時候，我經常看到類似的情形。

不管在哪個世界都一樣，防止醉漢糾纏的方法就是不要靠近他們。

為了不讓醉漢跑進來，逃進房間的我把房門確實鎖上。

確定沒有人能進入我的房間後，我坐在床上思考今後的事。

傑德先生和笨蛋戰隊似乎已經放棄打倒祕銀魔偶了。

如果傑德先生等人把無法打倒魔偶的事情通報給公會，士兵就會來到礦山。

雖然我不認為公會一聯絡，士兵就會馬上出動，但我要打倒祕銀魔偶最好趁早行動。

我不想把那尊祕銀魔偶讓給國家。

我想要想辦法打倒它，一個人獨佔祕銀。為此，我必須在國家派兵來之前打倒它。

可是，雖然說要打倒祕銀魔偶，但從笨蛋戰隊的戰鬥情況看來，要打倒它並不容易。

在那之前還要對付五尊鋼鐵魔偶。

我沒有祕銀武器，要在坑道中打倒它們應該會很辛苦。

如果靠蠻力毆打，坑道可能會崩塌。

我站起身。

雖然還沒使用過，但我有對鋼鐵魔偶有效的攻擊方法。

另外，我也想到了打倒祕銀魔偶的犯規招式。

我為了確認並測試這個點子，在房間內裡設置了熊熊傳送門。

熊熊傳送門通往的地點是……

啪啪。

我的臉頰受到拍打。

好睏。

啪啪。

昨晚進行對付魔偶的招式測試而晚睡，所以很睏。因此，我想再多睡一會兒。

啪啪。

就算我很晚回來，傑德先生等人還是在餐廳吵吵鬧鬧。

啪啪。

白天明明戰鬥了那麼久，他們不會累嗎？應該說不愧是冒險者嗎？體力簡直是無底洞。

啪啪。

能升上C級的人體力都這麼好嗎？

啪啪。

「我要起床了啦。」

我抓住熊緩和熊急的手。熊緩和熊急從剛才開始就從左右兩邊分別拍打我的臉。多虧有白熊服裝，我的身體不疲憊，但很想睡。可是，如果白熊服裝還能消除睡意就太糟糕了。對喜歡睡覺的我來說，沒有睡魔會讓我很困擾。這種半睡半醒的時光是最舒服的。

可是我今天不能一直貪睡下去，於是我坐起身。

「早安，熊緩、熊急。」

我伸了個懶腰，撫摸熊緩和熊急的頭。雖然很睏，但我得出門工作了。竟然15歲就要工作，我也漸漸融入這個世界了呢。我走下床，從白熊服裝換成黑熊服裝。

我一到餐廳就聞到一股酒臭味。餐廳裡瀰漫著酒的氣味。

「哎呀，熊姑娘。妳起得真早。」

旅館的老闆娘從廚房走出來。

「早安，這裡酒臭味好重。」

我用熊熊玩偶手套捏著鼻子打招呼。

「那群笨蛋好像喝到天亮呢。我拜託老公應付他們，自己先去睡了，不過我老公回房間的時候已經是早上了。我老公好像一直陪著他們喝到最後，現在還在睡覺。這次我就饒了他，下次如果再這樣，我可得教訓他一頓。」

老闆娘笑著打開窗戶。舒適的風從窗戶吹了進來。

「我馬上讓空氣流通，妳暫時忍耐一下吧。為了補償，早餐我會多招待妳一些。」

我打著呵欠坐到位子上。或許是因為時間還早，餐廳裡沒有任何人。

除了傑德先生和笨蛋紅戰士等冒險者，旅館裡還住著來採購礦石的商人。可是，現在餐廳裡只有我一個人。

因為沒有人來向我搭話，所以我悠閒地等著早餐。隨著時間愈久，空氣也漸漸流通，酒的氣味慢慢消失。過了一陣子，老闆娘把早餐端過來。

「來，讓妳久等了。」

「謝謝老闆娘。」

「今天要做什麼呢？妳好像也是冒險者，不過我想傑德他們暫時是不會起床了。」

「嗯～總之，我想一個人去一趟礦山。」

「一個人嗎！」

老闆娘驚訝地稍微大聲喊道。

「嗯。我想快點把事情解決，快點回去。」

「妳說把事情解決……傑德和巴伯德他們都辦不到喔。妳一個小姑娘去太危險了啦。」

也對，一般人不會覺得我這種打扮成熊的女孩子很強。可是，老闆娘似乎是純粹擔心我的安危，所以我坦率地接受這份好意。

「要是礦山一直這樣下去，老闆娘也會很困擾吧。」

「是啊，當然了。照現在的情況，礦工都沒有工作可做，來喝酒的客人也會減少，我很傷腦筋呢。」

現在工作結束後會來喝酒的人好像愈來愈少了。不管在哪個世界都一樣呢。

「就算這樣，像妳這樣的小姑娘要去跟魔物戰鬥也太危險了。」

「我不會勉強自己的。如果打不贏，我會逃回來。」

「說好了喔，遇到危險的話就要逃回來。話說回來，沒想到這麼小的女孩會是冒險者。」

我對擔心我的老闆娘道謝，吃完份量偏多的早餐就一個人朝礦山出發。因為時間還早，走在街上的人不多，我才能在不被別人糾纏的情況下抵達礦山。

好了，但願我昨天晚上犧牲睡眠時間準備的招式能發揮效果。

我一個人走進坑道。

這次沒有傑德先生等人的指引，但熊熊地圖會顯示出通往祕銀魔偶的道路，所以我不會迷路。

走在坑道裡會遇到泥土魔偶，我用風魔法砍斷它們，繼續前進。

一個人走在坑道裡很安靜，讓我有點寂寞。沒有托亞搞笑，沒有瑟妮雅小姐毒舌，沒有傑德先生下指示的聲音，也沒有梅爾小姐找我聊天。這裡和外頭不同，沒有風聲，也聽不見鳥鳴聲。我沒想到一個人走在坑道裡會這麼安靜。

我不奢求音樂，但很想要安心感。於是我伸出雙手，召喚熊緩和熊急。被召喚出來的熊緩牠們湊近我。

這樣就不會寂寞了。

我邁出步伐，熊緩和熊急就跟著走在我的左右兩邊。真令人高興。神明給了我熊緩和熊急這兩隻召喚獸是我最感謝的事。

我和熊緩與熊急一起前進，用風魔法把所有出現的泥土魔偶都處理掉。話說，它們真的復活了呢。是什麼時候復活的呢？

是在打倒後的幾個小時復活？還是在固定的時間復活呢？我不太清楚，但這樣子礦工都無法工作了。

走完泥土魔偶的樓層，我往下來到岩石魔偶的樓層。

我用熊熊鐵拳破壞出現的岩石魔偶。一旁的熊緩和熊急露出很想上場的神情。

「那再來就拜託你們了。」

由於出現了兩尊岩石魔偶，所以我交給熊緩和熊急對付。

熊緩和熊急各自撲向岩石魔偶，用真正的熊熊鐵拳輕鬆打倒岩石魔偶。

嗯，牠們既可愛又強，又柔軟，又溫暖，移動時也很方便。每個家庭都該養一頭熊。擁有兩

頭這樣的熊，我真是太幸福了。

熊緩和熊急輕而易舉地打倒了岩石魔偶，所以這次換我沒機會出場了。可是，走下這段斜坡就會進入鋼鐵魔偶出沒的樓層。到時候就輪到我出場了。犧牲睡眠時間學會的魔法終於可以派上用場了。

我在坑道內前進，快要遇見鋼鐵魔偶了。

我叫熊緩和熊急不要動，一個人走向鋼鐵魔偶。

好了，不知道有沒有效。

我開始想像，黑熊手套玩偶周圍出現黃色和藍白色的光，發出劈哩啪啦的聲音。黑熊手套玩偶上纏繞的是電擊魔法。用電對付鐵是最有效的。

我認為用電攻擊鋼鐵魔偶，電流就會流竄至全身，破壞它體內的魔石。

我不知道這個世界有沒有電擊魔法。我以前買的初學者用魔法書裡沒有寫到。

雖然只是我的想像，但這個世界或許沒有電力的概念。就算有，可能也只有打雷。即使如此，人們也不知道為什麼會產生打雷現象，應該也不知道雷具有什麼性質。所以，我認為這個世界裡沒有電擊魔法。

不過，這只是我的想像。

想到這件事的我昨晚溜出旅館，練習了電擊魔法。我一開始不知道要怎麼想像電擊魔法。在遊戲或動畫裡，只要詠唱咒語，就會有雷電從天空或雨雲中落下。可是，這個世界的魔法終究是用自己的魔力轉化而成釋放的，我沒辦法讓空無一物的天空產生雷電。

所以我想到讓熊熊手套玩偶產生電流。

將魔力轉化為雷電的想像很簡單。熊熊手套玩偶很快就有電流纏繞，劈哩啪啦地開始放電。

這樣電擊魔法就算完成了。可是，當我想要釋放纏繞在熊熊手套玩偶上的電流時，卻沒辦法隨心所欲。

總之夜也深了，完成電擊熊熊鐵拳的我決定就此打住。

經過特訓後完成的電擊纏繞在黑熊手套玩偶上，發出劈哩啪啦的聲音。

我對著岩石練習過，但還沒有對魔物嘗試過。我為了確認電擊的威力，對鋼鐵魔偶打出弱版電擊熊熊鐵拳。這拳就像是輕輕觸碰對手。

承受了弱版電擊熊熊鐵拳的鋼鐵魔偶發出很大的啪嘰聲響，然後停止活動。我順勢輕輕一推，鋼鐵魔偶就往後倒下。倒地的鋼鐵魔偶就這麼一動也不動。

我用腳踢它，它也沒有反應。看來似乎是奏效了。

看來電流確實流竄到鋼鐵魔偶體內，破壞了它的魔石。我把鋼鐵魔偶收進熊熊箱，繼續往前尋找下一尊鋼鐵魔偶。

157 熊熊潛入礦山 其六 祕銀魔偶篇

對鋼鐵魔偶使用電擊熊熊鐵拳，電流就會劈哩啪啦地流動，輕易打倒敵人，因此能夠毫不費力地往前邁進。

這麼輕鬆真好。

可是，走在我旁邊的熊緩和熊急沒有了出場機會，閒得發慌。雖然對我來說，牠們能走在我身旁就讓我很高興了。

「如果我遇到危險，你們要幫我喔。」

戰鬥時可能會有什麼萬一，於是我事先這麼拜託熊緩和熊急。熊緩和熊急聽了可能是覺得心情很好，叫了一聲「咿～」，步伐變得很有精神。

不過，就算我不要求，熊緩和熊急應該也會在我陷入危機的時候出手相救。

我摸摸走在左右兩旁的熊緩和熊急的頭。突然被我撫摸的熊緩和熊急一臉疑惑地歪著頭，但看起來很享受。我帶著熊緩和熊急繼續在坑道內前進。

一路上都沒有發生需要熊緩和熊急幫忙的危險情況，打倒了在途中遇見的四尊鋼鐵魔偶。通往祕銀魔偶的路上只剩下那五尊鋼鐵魔偶了。

昨天笨蛋戰隊打倒了那五尊鋼鐵魔偶，但我用探測技能確認時，五尊都已經復活了。

這表示如果可以打倒鋼鐵魔偶，就能半永久地取得鐵礦吧？雖然我這麼想過，但要是事情演變成那樣，就會有許多人失業，流落街頭。

我來到有五尊鋼鐵魔偶在的空洞。我揮出電擊熊熊鐵拳，迅速打倒五尊鋼鐵魔偶。然後為了解決祕銀魔偶，沿著坑道往下前進。

走下坑道之後，地圖轉換，探測技能開始出現祕銀魔偶的反應。希望打倒祕銀魔偶之後，這場魔偶騷動也能就此結束。

我來到有祕銀魔偶在的空洞。坑道直到中途還裝有光之魔石，但前方卻是漆黑一片。我用魔法做出熊熊光球，照亮空洞。

或許是因為昨天笨蛋戰隊和祕銀魔偶戰鬥過，這裡到處都是打鬥的痕跡。岩壁崩落，地面上挖出一些空洞，牆上也殘留著魔法攻擊的痕跡。

就算是那支笨蛋戰隊，戰鬥時應該也不至於不去留意坑道崩塌的可能性。真虧這裡沒有崩塌呢。

在這個殘留著打鬥痕跡的空間內，一尊祕銀魔偶矗立著。可能是注意到了我的存在，它轉頭面對我。

好了，開始戰鬥吧。

熊緩和熊急也站上前想跟我並肩作戰，所以我叫牠們退下。牠們用有些寂寞的聲音叫著，但我要一個人和祕銀魔偶戰鬥。話雖如此，我並不打算在這裡戰鬥。

這裡有崩塌的危險，所以不能使用強力的魔法或熊熊鐵拳。既然如此，只要移動到可以使出熊熊外掛的地方就行了。

我拿出熊熊傳送門。然後觸碰門，把門打開。

我交互比較熊熊傳送門和祕銀魔偶的大小。

嗯～應該過得去吧。

寬度很足夠，但高度有點微妙。要是無法通過，到時候硬塞進去就好了。

我望向祕銀魔偶，發現它正踩著沉重的腳步朝我跑來。

速度比想像中還快。我還以為魔偶一定跑得很慢。

可是就算快，也只是比我想像中更快而已，跟黑虎比起來慢多了。魔偶朝我跑過來。魔偶的身材高大，感覺像在等待鬥牛。

我往旁邊踏步，躲開逼近過來的祕銀魔偶。然後，我繞到魔偶背後，朝它的頸部位置打出熊熊鐵拳。頸部被熊熊鐵拳毆打的祕銀魔偶一頭栽進熊熊傳送門之中，被吸進去。

雖然有點大，總算是進去了。

我跟在它背後進入熊熊傳送門，之後熊緩和熊急也接著跟上。

熊熊傳送門通往的地點是海岸邊的寬廣沙灘。

這裡是距離密利拉鎮有一段距離的地方。因為離鎮上有一段距離，所以不會被別人發現。這裡也是我昨天晚上練習電擊魔法的地方。這裡和狹窄的坑道不同，空間很寬敞，仰望上頭是藍天和白雲，沒有天花板也沒有牆壁。我可以充分發揮熊熊外掛的力量。

我看著一頭倒在沙灘上的祕銀魔偶。

「這樣一來，我們戰鬥的時候都可以不用在意周圍了。」

我不期待回應，對祕銀魔偶這麼說道。祕銀魔偶彷彿能理解我說的話，站了起來。不過，雖然說是我們，但只是我單方面攻擊它罷了。

總之，我對站起來的祕銀魔偶放出火炎彈。雖然直接命中，它卻不為所動地站著。我同樣使用風魔法、土魔法、冰魔法，但都無效。

雖然我心裡有底，但祕銀身體也太犯規了吧？

對方可能會覺得我沒資格說這種話，但我還是忍不住這麼評論祕銀魔偶。

既然如此，這招如何？

「熊刃術。」

我想像熊爪的形狀，放出風之熊熊魔法。祕銀魔偶因為衝擊力而往後飛去，看起來卻沒受多少傷害。不，看看祕銀魔偶的身體，會發現胸口處有三條線。看來有辦法留下傷痕。不斷攻擊同樣的地方就能打倒它嗎？

我為了確認，使用下一招熊熊魔法。熊熊手套玩偶上浮現一隻火焰熊。我覺得應該不會融化，但還是放出一發熊熊火焰進行試驗。

祕銀魔偶用手擋下了火焰熊。

如果是普通魔物，根本無法抵擋火焰熊的攻擊，早就死了。

祕銀魔偶擋住火焰熊的手被火焰包裹，火焰卻馬上熄滅。

果然行不通嗎？

可是仔細一看，好像有融化一點點？

放出無數隻火焰熊就能打倒它了嗎？

那麼，最後來試試昨天學會的電擊魔法。

我在熊熊手套玩偶上集中電流，對祕銀魔偶打出強版電擊熊熊鐵拳。祕銀魔偶被熊熊鐵拳的衝擊力打飛到後方，但電擊似乎無效。

嗯～這招行不通啊。

雖然是新魔法，對祕銀魔偶卻沒用。

不過，能使出全力的感覺真不錯。祕銀魔偶成了被我單方面毆打的沙包，可是防禦力高到這種程度，感覺就像在攻擊一個不可能毀壞的物體。

挨了一記電擊熊熊鐵拳的祕銀魔偶站了起來。

反正也實驗夠了，我決定結束這場戰鬥。我把魔力集中在黑熊手套玩偶上，同時跑向祕銀魔偶。

我踏步逼近祕銀魔偶。祕銀魔偶對我揮下手臂，但我躲開並鑽進它的懷裡。接著，我利用風魔法的力量，打出熊熊上鉤拳。

利用風魔法打出的熊熊上鉤拳把祕銀魔偶打飛到高空中。祕銀魔偶飛到天上。

它飛了大約一千公尺的高度——我是隨便說說。光是目測，根本不知道祕銀魔偶飛了多高。

我並沒有能用肉眼看出飛機在幾公尺高的上空飛行，或是知道高樓大廈有幾百公尺高的特殊能力。

不過我知道，從那種高度掉下來，應該沒有東西不會摔壞。

就算是祕銀魔偶，考慮到高度、重量、墜落速度等因素，應該不可能毫髮無傷。

而且，祕銀魔偶是一邊旋轉一邊墜落的。

是因為熊熊上鉤拳有加入迴轉的力道吧。

祕銀魔偶發出巨大的聲響落地，地震般的衝擊竄過地面。因為迴轉著墜落的祕銀魔偶，沙灘捲起了漩渦。應該打倒了吧。

我這麼想，祕銀魔偶卻作勢要站起來。

從那麼高的地方掉下來還能動，它到底有多硬啊？光是衝擊力，應該就足以把體內的魔石震碎了。

只不過，站起來的祕銀魔偶已經傷痕累累。它斷了一隻手，頸部也歪了。而且因為墜落時的

衝擊，它的身體中央出現裂痕，魔石從縫隙中露了出來。

毀掉那顆魔石就結束了吧。

我跑向動作變得遲緩的祕銀魔偶，對露出魔石的地方打出纏繞著電流的熊熊鐵拳。電流從裂縫進入，破壞它體內的魔石。魔石遭到破壞的祕銀魔偶完全停止運作。

戰鬥結束。

希望這樣一來，礦山就不會再出現魔偶了。

熊緩牠們靠近戰鬥完的我。

「結束了喔。」

我摸摸牠們的頭，將倒地的祕銀魔偶收進熊熊箱。

雖然打倒它的手法非常粗魯，但也沒辦法。算了，反正我打算把它做成肢解用的小刀和武器，沒關係。

回收完祕銀魔偶的我使用熊熊傳送門回到礦山中。

我把熊熊傳送門收起來，然後環顧四周。

如果是遊戲等作品，打頭目的場地通常會有什麼東西，例如寶物和寶物。因為很重要，所以要講兩次。

或者這裡有什麼導致魔偶增生的東西。我心想可能會有密室之類的地方，所以沿著牆壁找了一圈。

我還以為會有什麼，結果什麼也沒有。

沒辦法，我正要返回上方的樓層時，熊緩和熊急開始挖洞。

「你們怎麼了？」

我這麼問，同時走向熊緩和熊急。熊緩和熊急挖的是祕銀魔偶一開始站著的地方。我沒注意到這個盲點——祕銀魔偶可能是在保護什麼東西。我走到熊緩和熊急之間，往洞裡一看，發現有兩顆圓形的黑色石頭。

「這是什麼？」

我詢問挖到東西的熊緩和熊急，牠們卻只是歪著頭。

找到這東西的是你們吧，怎麼會什麼都不知道啊。我在心裡這麼碎碎念。

總之，我拿起牠們找到的石頭，大小跟拳頭差不多。我看著石頭，可是我既不是鐵匠，也不是礦石迷，不知道這是什麼石頭。

可是，這種時候技能就能派上用場了。我把連衣帽往下拉，使用熊熊觀察眼。

熊礦

　神祕礦石。

上面只寫著這些。

這個名稱又是怎麼回事？

該不會是在耍我吧？

這一定是把我帶到這個世界的神取的名字吧。這個世界沒有人知道這種石頭的名字吧。說到底，神祕礦石是怎樣？而且說明文只說是神祕礦石，我根本不知道用途是什麼。

我想著關於神的事，突然回想起祂第一次寄給我的郵件：

『我還有其他禮物要送給妳，努力找出來吧。』

這該不會就是其中之一吧？

就算如此，熊礦這種名字就不能換個好一點的嗎？

而且說是神祕礦石，是要我怎麼加工，又要怎麼用啊？遊戲給的提示還比較多。

就算抱怨也無濟於事，所以我對幫我找到東西的熊緩和熊急道謝，撫摸牠們。

我今天到底摸了幾次熊緩和熊急的頭呢？算了，畢竟是我的感謝之意，只要熊緩和熊急不排斥，要我摸幾次都可以。被我撫摸的熊緩和熊急也完全不排斥，看起來很高興。

158 熊熊離開礦山

熊礦？

思考想不透的事也沒有意義，現在就算不知道也不會有什麼困擾。取得奇怪石頭的我決定放棄思考，踏上歸途。

走回上方的樓層後，我使用探測技能確認是否有魔偶。

嗯～有呢。

看來打倒祕銀魔偶也不會讓所有魔偶停止活動。或許說，祕銀魔偶的存在也可能沒關係。如果是那樣就傷腦筋了。

總之雖然麻煩，我還是決定把所有出現的魔偶都打倒。這次的委託是把礦山的魔偶全部掃蕩完畢。

可是，一個人打很麻煩。

我正在考慮要不要找傑德先生等人幫忙時，熊緩和熊急來磨蹭我。

「你們要幫我嗎？」

牠們叫了聲「咿～」，好像在說「交給我們吧。」

「謝謝。那就拜託你們幫忙嘍。」

我抱著熊緩和熊急道謝。

「我會打倒鋼鐵魔偶，岩石魔偶和泥土魔偶就交給你們了。結束之後到入口集合。」

熊緩和熊急點點頭，在坑道裡奔跑。

「要好好相處喔～」

遠方傳來「咿～」的叫聲。

我把上方的樓層交給熊緩牠們，自己去打倒鋼鐵魔偶。這個樓層沒有那麼多岔路，應該不會花太多時間。我使用探測技能決定好路線後出發。

我打完鋼鐵魔偶後，為了幫熊緩牠們而前往上方的樓層，探測技能卻找不到魔偶的反應。

我回到入口時，熊緩和熊急已經在那裡了。

嗯，動作真快。牠們感情融洽地靠著坐在一起。

「辛苦了，謝謝你們。」

我對熊緩牠們表達感謝之意，撫摸牠們的頭並召回牠們。

打倒祕銀魔偶之後，清除坑道內的魔偶不免讓我感到疲累。我今天想快點回旅館睡覺。從礦山走回旅館時被好奇的目光注視著，但我不予理會，繼續走著。

回到旅館，我遇見了傑德先生等人和笨蛋戰隊。

「優奈，妳回來得真晚。」

「我想優奈應該沒問題，但是這麼晚回來讓我很擔心喔。」

那是因為我幫坑道做了大掃除嘛。

「我打魔偶花了很多時間。」

「就算打倒它們明天也會復活，沒用的。」

瑟妮雅小姐說得很直白。

「傑德先生，因為如此，我有件事想拜託你。」

「什麼事？」

「包括最深處的魔偶，我把所有的魔偶都打倒了，明天可以請你去確認嗎？」

「……抱歉。妳剛才說什麼？」

「我把所有魔偶都打倒了……」

「……優奈，妳是在開玩笑吧？」

「我是打倒了沒錯，但是不知道會不會復活。」

這一點不等到明天就無法得知。

「喂，那邊那隻寵物，少騙人了！我們五個人一起上都打不贏的魔偶，妳這種寵物怎麼可能一個人打倒，別逗我笑了。」

笨蛋紅戰士似乎偷聽到我們的對話，拿著啤酒走過來。

打倒祕銀魔偶之後，我在打掃坑道時順便練習了電擊魔法的強弱。

我為了馬上驗收成果，在熊熊手套玩偶上纏繞較弱的電流，輕輕觸碰笨蛋紅戰士。

「唔嘎！」

笨蛋紅戰士發出怪聲昏倒了。

「巴伯德！」

同伴跑到突然昏倒的笨蛋紅戰士身邊。他們呼喚笨蛋紅戰士的名字，他卻沒有反應。他是昏倒了，應該還活著吧？

嗯～電流還是有點太強了嗎？好像還需要練習一下。

算了，反正他還活著，又老是嘲笑別人是寵物，這點程度應該沒關係吧。

總而言之，為了瞞過大家——

「他是醉倒了吧？」

我這麼說，指著笨蛋紅戰士原本拿著的啤酒杯。啤酒從杯子裡灑出來了。可是好像幾乎快喝完了，所以沒有造成多大的髒亂。

「巴伯德怎麼可能因為這點酒就醉……」

「可是他都睡著了。」

所有人好像都覺得是我做了什麼，但畢竟沒有證據，而且他們根本連我做了什麼都不知道。

笨蛋紅戰士的隊友沒有繼續說下去，把身材壯碩的笨蛋紅戰士搬到房間。我在空著的位子上坐下，跟老闆娘點餐。

「優奈，妳真的什麼都沒有做嗎？」

我歪著頭，做出不解的姿勢。

「嗯，優奈什麼都沒有做吧。巴伯德是醉倒了吧。」

梅爾小姐獨自點點頭。

「對了優奈，剛才那件事是真的嗎？」

「剛才？」

「我是指魔偶的事。」

「喔，那件事啊。信不信由你，我把最深處的魔偶和其他魔偶全部都打倒了，只要沒有復活，應該就結束了吧。」

「是真的吧？」

「意思是被優奈搶先一步了啊。」

什麼搶先一步，你們不是沒有要去打嗎？之前說過要放棄吧？

「其實我們昨天和巴伯德他們喝酒時，聊得意氣相投，所以說要合力打倒最深處的魔偶。與其被國家搶走功勞，我們寧可對半分報酬。」

「所以我們預計明天去打倒它。」

「結果被我打倒了？」

我怎麼知道，你們明明都放棄了。

「話說回來，真虧妳能打倒它。」

「這個嘛，我有很多方法可用。」

「嗚～我好想看看優奈戰鬥的樣子喔。」

如果跟其他人一起，我就不會用熊熊傳送門了。

「優奈，抱歉，可以請妳讓我們看看那尊魔偶嗎？妳應該帶著吧。」

嗯～就算靠近看，應該也不會被發現是祕銀吧？

我無奈地走到屋外，把祕銀魔偶拿出來。

「唔哇，好慘。」

祕銀魔偶變得破破爛爛的。

「連巴伯德他們都打不贏的魔偶，妳竟然能把它打成這種慘狀。」

「熊的蠻力真厲害。」

「就算力氣大，真的能打成這個樣子嗎？」

傑德先生等人正要仔細觀察的時候，老闆娘的聲音從旅館內傳來。看來飯菜做好了。

我回應老闆娘，把祕銀魔偶收起來。我不想被別人仔細調查它，所以時機正好。

我裝出等不及吃飯的樣子，回到旅館內。

「可是，既然優奈打倒了那尊魔偶，礦山可能會出現什麼變化。」

「是啊。既然這樣，明天去確認吧。」

「反正不管怎麼樣，我們都決定要跟巴伯德他們一起進礦山了。」

吃完飯後，回到房間的我使用熊熊傳送門再次來到和祕銀魔偶戰鬥的地方。其實我很想睡覺，但也不能一直把熊熊傳送門放在沙灘上。

沙灘籠罩在黑暗之中。我昨天也在想，晚上的海邊安靜得可怕，周圍只有海浪的聲音，只有星空的光芒點亮。

可是，正好適合隱藏在黑暗中移動。況且我現在的裝扮是黑色！雖然外觀是隻熊。

我回收沙灘上的熊熊傳送門，像暗殺者一樣融入黑夜，前往密利拉鎮的熊熊屋。

在沒有人注意到的情況下回到熊熊屋的我，使用設置在熊熊屋的熊熊傳送門回到礦山城鎮的旅館房間。然後，換成白熊服裝的我鑽進被窩。

當然，我有召喚小熊化的熊緩和熊急以策安全，這才進入夢鄉。

隔天，傑德先生等人和笨蛋戰隊前往礦山。他們也有邀請我，但我謊稱昨天的疲勞還沒有恢復，留了下來。順帶一提，笨蛋紅戰士不記得昨天發生的事，他好像也以為自己是醉到睡著了。

嗯，幸好他是個笨蛋。

我吃完早餐後回到房間，為了睡回籠覺而倒在床上。我昨天很賣力，所以今天決定悠閒地度過。待在王都的菲娜好像也玩得很開心，應該沒關係吧。

我有拜託艾蕾羅拉小姐帶菲娜去城堡參觀。因為上次被芙蘿拉公主逮到，沒有仔細參觀完城堡內部。我用熊熊電話聯絡她後，她說她穿著漂亮的衣服，去城堡參觀了庭園。幸好她好像玩得很開心。

我也拜託過希雅，如果有時間就帶菲娜在王都內逛逛。我給菲娜添了麻煩，所以要讓她玩得盡興才行。

睡完回籠覺，我正在吃稍晚的午餐時，傑德先生等人和笨蛋戰隊回來了。

「很快就回來了呢。」

我喝著湯問道。

「是啊，因為裡面一尊魔偶也沒有，所以我們只是在坑道裡走走就回來了。」

「真不敢相信。原本那麼多隻魔偶，竟然一尊也不剩。」

我不太知道原因是因為那尊祕銀魔偶還是熊礦，但看來魔偶似乎沒有再復活。

「真的是這隻寵物一個人打倒那尊魔偶的嗎？」

笨蛋紅戰士看著我。希望他不要再叫我寵物了。要不要再讓他挨一次電擊呢？

「你也看到那個空間裡沒有魔偶了吧？」

「就算沒有，難道你真的覺得是這隻寵物，一個人打倒我們五個人合力都打不贏的魔偶嗎？」

「關於優奈的事，我已經跟你說明過很多次了吧。」

「你說她一個人打倒了虎狼、黑蝰蛇和哥布林王吧。我怎麼可能相信。」

「也對，一般來說的確很難相信。」

梅爾小姐也贊同笨蛋紅戰士的看法。我看看周圍，不只是梅爾小姐，所有人都在點頭。

「可是昨天優奈一個人前往礦山，結果魔偶就消失了。我們也只能接受事實了吧。」

「是沒錯……」

笨蛋紅戰士悶悶不樂地坐到椅子上。

之所以沒有人相信我，都是因為熊熊裝扮吧。我向傑德先生問道：

「所以，這樣就算完成委託了嗎？」

如果是的話，菲娜還在等我，我想要馬上回去。

「總之，要先跟礦山的負責人報告一下，之後再討論要怎麼做。」

那倒也是，礦山姑且也有負責人，我都忘了這種人的存在，還以為只要回王都向冒險者公會報告就行了。

「優奈，妳要自己去報告嗎？」

「太麻煩了，傑德先生，麻煩你。」

聽到我這麼說，傑德先生注視著我。然後思考了一下，轉頭望向笨蛋紅戰士。

「……嗯，好吧，報告的事由我去處理。巴伯德，你也一起來。」

喔喔，幸好有拜託他，傑德先生答應了我的請求。真有男子氣概，太感謝了。

「為什麼連老子也要去？」

「比起只有我們去，你們也在比較有可信度吧？」

「既然這樣，帶打倒魔偶的那隻寵物去不就得了？」

「要是有人說完成委託的人是優奈，你信嗎？」

笨蛋紅戰士看著我，然後說一句話：

「……不信。」

「所以你也要一起來。」

「沒辦法了。」

他們這是在委婉地說我的壞話嗎？不是我會錯意吧？

算了，這次他們願意幫我解決麻煩的報告，所以可以原諒。下次就算是傑德先生，我也要祭出熊熊鐵拳了喔。

傑德先生等人和笨蛋戰隊去向礦山的負責人報告了。我要等待報告的結果，這會決定我能不能回去。

在傑德先生等人回來之前，我在房間裡召喚出小熊化的熊緩和熊急，睡起懶覺。

我正在床上翻滾時，外頭傳來吵雜聲。我打開窗戶往外看，發現鎮上的人包圍著傑德先生等人和笨蛋戰隊。

表示謝意的聲音傳進我耳裡。

所有人都在對傑德先生等人和笨蛋戰隊道謝。傑德先生等人露出困擾的表情，笨蛋戰隊卻對居民揮手致意。

發生什麼事了嗎？

傑德先生等人在居民的感謝之下走進旅館。居民好像再怎麼樣也不會跟著進入旅館。

我心想發生了什麼事，把熊緩和熊急召回，然後走向一樓的餐廳。

「發生什麼事了？」

「是優奈啊……」

「這個嘛，居民以為是我們打倒了礦山的魔偶。」

傑德先生等人的說明如下——

有居民目擊到一大早前往礦山的九名冒險者。

九個人平安歸來。

又有人看到這九個人去向礦山的負責人報告。

礦山的負責人向九個人道謝。

礦山不再出現魔偶的消息傳開。

嗯，我很清楚事情的發展了。

「因為這些理由，大家都以為是我們打倒了魔偶。雖然我們有否認。」

「都是因為這個笨蛋向居民揮手。」

「吵死了，是因為人家跟老子道謝，老子才揮手而已啦。」

「我們有試圖說明是優奈打倒魔偶的。」

「卻沒有人聽得進去。」

「抱歉。」

傑德先生對我低下頭。

嗯~我想了一下，這對我來說只有好處吧？

我不想像剛才的傑德先生等人一樣被群眾簇擁，也不想要名聲，所以我沒有什麼異議。可是，我還是想要公會的狩獵紀錄。我這麼一說——

「當然沒問題，這件事我會確實跟公會報告的。巴伯德也可以吧。」

「廢話，老子才不做搶功勞這種卑鄙的事。」

「你還好意思說，剛才明明就有跟居民揮手。」

「那是因為居民呼喚老子，老子才揮手回應他們而已。」

笨蛋紅戰士看似沒有惡意地回答。對我來說，就算當作是傑德先生等人的功勞也沒問題。而且與其說是我打倒的，說是傑德先生等人打倒的比較能讓居民安心，所以我十分歡迎這個狀況。

如果這樣就完成了委託，畢竟菲娜還在等我，我可以回去了嗎？

我這麼一說——

「關於這件事，其實還要再稍微觀察一下情況。」

「……？」

「雖然過了一天還沒有魔偶出現是第一次，但明天或後天就不一定了。」

「所以，我們決定再留個五天左右。」

「咦？」

還要留五天……菲娜明明還在等我，我不能在這裡待那麼久。

「不過優奈，妳可以先回去。」

聽到這句話，我放心下來。我實在不能再請艾蕾羅拉小姐照顧菲娜五天。

「我們希望妳先回王都，跟冒險者公會報告這件事。」

「可是，如果那尊魔偶又復活該怎麼辦？」

「不怎麼辦，到時候我們會交給國家處理。如果就算打倒了那尊魔偶，又會馬上復活，我們也只能舉手投降了。」

傑德先生舉起手。

「嗯，那我明天就回王都。」

去拯救被擄的公主吧。

159 熊熊回王都

我輪流召喚並騎乘熊緩和熊急，回到了王都。我召回熊急，步行進入王都。雖然衛兵用異樣眼光看我，但我沒有放在心上。

我一進入王都，就聽到路上行人說「是熊耶。」，但我把熊熊連衣帽往下拉，快步往冒險者公會前進。

一進入冒險者公會，冒險者的視線一口氣往我身上集中，但沒有人來糾纏我。看來莎妮亞小姐前幾天說的話奏效了。我走向空著的櫃台，請人幫我叫身為會長的莎妮亞小姐。注意到在冒險者公會愈來愈有名的我，櫃台小姐馬上就去叫莎妮亞小姐了。

「優奈！」

後頭的門一打開，莎妮亞小姐就走了過來。

「我回來了。」

我舉起熊熊手套玩偶回應。

我還以為要在櫃台談，卻被帶到了會長的辦公室。我坐到椅子上後，有位職員端了飲料給我。好像被當成貴賓接待了。

「那麼，可以告訴我發生了什麼事嗎？」

我開始說明我打倒最深處的魔偶後，不再出現魔偶的事，還有傑德先生等人要停留五天觀察情況的事。

「更詳細的情況就去問傑德先生他們吧。」

「我知道了。如果魔偶真的沒有繼續增生，就不必出動士兵了。妳幫了大忙。謝謝妳。」

「還不知道會怎麼樣就是了。」

「關於這一點，要等傑德他們回來報告才能真正算是完成委託，所以改天才能給妳報酬，可以嗎？」

「一定要來王都拿嗎？」

「我會聯絡克里莫尼亞，讓妳能在那邊領取報酬。」

「可以嗎？」

「這點小事沒什麼。」

我決定接受莎妮亞小姐的好意。

「那麼，我要回去了。」

我得快點去迎接公主（菲娜）才行。可是，莎妮亞小姐叫住了站起身的我。

「我說優奈，妳要不要從克里莫尼亞搬來王都？那樣的話我會很高興的。」

她突然說起這樣的話。

「目前我沒有那個打算。」

不管怎麼說，克里莫尼亞城已經變得很適合我居住了。現在沒有人會用好奇的目光看我，也沒有冒險者會來糾纏我了。而且那裡還有我的店，住在王都也沒有好處。那樣工作好像反而會增加，我才不要。再說，王都有熊熊傳送門，我隨時都可以來，根本沒必要特地搬家。

「是嗎？真遺憾。」

「不過，我會偶爾來玩的。」

向冒險者公會報告完畢之後，我前往艾蕾羅拉小姐的宅邸。我一到宅邸，穿著漂亮衣服的菲娜就跑過來。

「菲娜，我回來了。」

「優奈姊姊！」

她抱上我的腹部。

因為肚子很大，我接得住她。順帶一提，我的意思不是我的肚子很大，是布偶裝的肚子很大。

「菲娜，妳穿得好可愛喔。」

她穿著有荷葉邊的漂亮衣服。就算說是哪個人家的千金小姐也不奇怪，很適合她。

「我才不想被打扮成可愛熊熊的優奈姊姊這麼說呢。而且，這是艾蕾羅拉大人硬是要我穿上的。」

就算說我可愛，我的打扮和菲娜的打扮也是完全不同取向的可愛。

對女孩子來說，比起穿著布偶裝時被說可愛，穿著漂亮衣服時被說可愛會比較高興。因為菲娜鼓起臉頰說話，看起來更可愛了。人正真好。

不過，幸好菲娜很有精神。要是她發生什麼事，我就沒有臉去見堤露米娜小姐了。

「優奈，歡迎回來。礦山的事情解決了嗎？」

艾蕾羅拉小姐從菲娜跑來的方向走過來。

「解決了。接下來要觀察情況，我就先回來了。」

「辛苦妳了。吃飯的時候再聽妳說詳細的經過，妳吃過飯再走吧。」

在吃飯之前，我和菲娜一起去洗澡。

「菲娜，我不在的時候，妳在王都玩得開心嗎？」

我一邊幫菲娜洗背一邊問道，菲娜卻沒有反應。她不否定也不肯定。

奇怪，她不開心嗎？

「嗚嗚，優奈姊姊不在的時候，我真的過得很辛苦。艾蕾羅拉大人和史莉莉娜小姐每天都逼我穿漂亮的衣服。」

她鼓著腮幫子回答。

這麼一說我才想起，我用熊熊電話問她的時候，她說艾蕾羅拉小姐逼她穿漂亮的衣服，去城

堡還遇到國王，讓她覺得很累。我還以為她玩得很開心呢。

「妳這麼討厭穿漂亮衣服嗎？」

菲娜微微搖頭。

「我不討厭，只是很怕會弄髒衣服。那麼貴的衣服，我賠不起。」

「就算妳把衣服弄髒，艾蕾羅拉小姐也不會叫妳賠啦。如果艾蕾羅拉小姐那麼說，我會瞧不起她，到時候我也會幫妳付錢的。而且，妳應該也不覺得艾蕾羅拉小姐是會叫妳賠錢的人吧。」

「……嗯，她對我非常好。」

菲娜的表情變得溫柔。

「這次讓妳遇到這種事，抱歉。」

我搓著菲娜的小巧背部，對她道歉。

我明明是為了製作祕銀小刀而來，卻給菲娜造成了困擾。

「優奈姊姊是因為工作的關係，所以沒有錯。」

後來菲娜一邊洗澡，一邊把我不在時遇到的開心事、討厭的事、遇到國王而胃痛的事一五一十地告訴我。

她剛才好像在抱怨，但好像也有遇到開心的事，太好了。

「優奈姊姊，妳有在聽嗎？」

「有喔。」

「真的嗎？我真的很累耶。」
「真的。」
我溫柔地抱住不斷變換表情的菲娜。
洗完澡的我們到飯廳時，艾蕾羅拉小姐和從學校回來的希雅已經坐在位子上了。
「希雅，謝謝妳幫我照顧菲娜。」
我有拜託希雅帶菲娜在王都裡逛逛。
「不會，菲娜是個好孩子，照顧她一點也不辛苦。」
「才沒有呢，我給希雅大人添了很多麻煩。」
菲娜否認，希雅卻滿臉笑容。
「那麼，簡單講也沒關係，妳可以報告一下事情經過嗎？」
我一邊吃飯，一邊跟艾蕾羅拉小姐說起礦山發生的事情。
我主要是說明傑德先生和笨蛋戰隊等冒險者的事情，自己的事情則盡量說得隱晦一點。當然了，我沒有提到電擊魔法和熊熊傳送門的事。
關於戰鬥方式只有模糊帶過。
「深處的謎樣魔偶啊。」

「我打倒它的隔天就沒有再出現了，所以我想應該沒問題。留在那裡的冒險者說要觀察情況。」

「也對。只有一天也沒辦法確定已經安全，但從妳的話聽來，應該沒問題。優奈，謝謝妳喔。要出動國家的士兵會很麻煩，幫了我大忙。」

艾蕾羅拉小姐對我道謝。在一旁聆聽的希雅很感興趣地對我說：

「優奈小姐，魔偶很強嗎？」

「我是不知道強不強，但是因為在坑道裡，戰鬥起來很不容易。太用力的話可能會讓坑道崩塌，而且因為空間狹窄，也不能用火系的魔法。」

「畢竟是坑道，的確有可能會崩塌呢。不過，原來火系魔法也不能用啊。」

缺乏氧氣的話，威力就會下降。再說，那樣一來會無法呼吸。

「優奈小姐，妳是怎麼打倒魔偶的？」

「這是祕密。」

「咦~告訴我嘛。」

電擊魔法和熊熊傳送門的事是祕密。

吃完飯，也報告完畢的我正打算回房間時，被艾蕾羅拉小姐叫住了。

「等一下。優奈，妳明天就要回去了吧？」

「我要送菲娜回家才行。她父母應該很擔心，所以要快點回去。」

我這麼說完，艾蕾羅拉小姐就示意史莉莉娜小姐。接到指示的史莉莉娜小姐暫時離開飯廳。

「既然這樣，我就趁現在把報酬交給妳吧。」

「報酬？我會去克里莫尼亞的冒險者公會領的。」

「才不是呢。妳忘了嗎？我說要給妳祕銀小刀。」

好像真的有這個約定。可是我現在已經有了祕銀魔偶，也不是非拿不可。

「妳現在是不是不想要了？」

她會讀心嗎！艾蕾羅拉小姐帶著懷疑的眼神看我，於是我搖搖頭。

「真的嗎？」

我否認艾蕾羅拉小姐的質疑時，史莉莉娜小姐捧著一團布回來，交給了艾蕾羅拉小姐。

接過那包東西的艾蕾羅拉小姐把它放到桌子上，把綑綁在上面的繩子解開。然後，布裡面出現了一把帶有漂亮裝飾的小刀。

艾蕾羅拉小姐拿起小刀，交給我。

「給妳，優奈。」

遞到我面前的小刀看起來非常昂貴。小刀的刀柄和刀鞘都有細緻的裝飾，這絕對不是用來肢解的小刀。

「這麼漂亮的刀是怎麼回事？」

「我們約好了吧？這把小刀是給妳的報酬。」

「這不是用來肢解的吧？」

「對啊，不是。」

「也不是戰鬥用的吧？」

「不是。不過這畢竟也是祕銀做的，很鋒利喔。」

艾蕾羅拉小姐從刀鞘中拔出小刀。刀刃的部分也很漂亮，很像女性用來防身的武器，但我總覺得不太一樣。該不會是自盡用的吧！

「不用了。」

「為什麼？這是給妳的報酬喔。」

「我沒有自盡的打算。」

「這不是那種刀啦，是防身用刀。」

好像是防身用的。

「可是，雖然說是防身用，但不是拿來跟敵人戰鬥的喔。」

我歪著頭。明明是小刀，為什麼不拿來戰鬥？

「這把小刀上刻著佛許羅賽家的家徽。我想以此證明妳的背後有佛許羅賽家當靠山。知道妳有佛許羅賽家撐腰，應該就沒有人會對妳做傻事了。如果有人想糾纏妳，妳可以拿這把小刀給對方看。我想亮出這把小刀，對方多少會知難而退。如果對方還是不罷休，妳可以告訴我。」

這或許很方便，表示它具有類似免死金牌的效果。因為熊熊布偶裝的關係，我經常被捲入麻煩事。

「大商人都知道佛許羅賽家的家徽，所以在商業公會也有效果喔。如果妳在商業公會遇到麻煩，可以拿給對方看。可是，在王都以外的地方使用時要小心喔。因為距離王都太遠，知名度也會下降。」

她該不會是在說我店裡的事吧？

「所以，妳可以盡量使用它。」

「我不會用的。」

以前的人都說，免費的最貴。要是濫用免死金牌，之後被要求付出龐大的代價，那就得不償失了。

艾蕾羅拉小姐再度遞出小刀。

「我搞不好會利用這把小刀做壞事喔。」

「呵呵，優奈真愛開玩笑。」

可能是覺得我說的話很有趣，艾蕾羅拉小姐笑了出來。

「哪個世界會有照顧孤兒院、為了幫助有困難的少年而去打倒黑蝰蛇、挖了隧道又無償讓出的壞孩子啊？」

艾蕾羅拉小姐伸出手，戳了我的臉頰。

「我說不定是暗地裡有什麼企圖啊。」

「既然妳這麼說，我們來問問最親近妳的人好了。」

艾蕾羅拉小姐轉頭望向默默聽著的菲娜。

「菲娜，優奈是壞人嗎？」

「優奈姊姊是非常善良的人。如果沒有優奈姊姊在，我和媽媽早就死掉了，孤兒院的小朋友應該也不會那麼開心地笑。我聽爸爸說黑蝰蛇的事情也是免費幫忙。優奈姊姊又善良又強，絕對不會做壞事。」

艾蕾羅拉小姐連連點頭。

「菲娜，好了啦。不要再說了，我覺得愈來愈不好意思了。」

「可是，優奈姊姊的優點，我還說不到一半耶。」

「拜託妳。」

我摀住菲娜的嘴巴。

再說下去，我會很難為情。這會讓不習慣受到誇獎的家裡蹲很困擾。我重新看著眼前的小刀。

「我應該不會收下後就變成艾蕾羅拉小姐的家臣吧？」

「不會啦。」

我用白熊手套玩偶的嘴巴咬住小刀，小刀就直接被吸入熊熊箱了。

160 熊熊前往王都的打鐵舖

隔天早上，吃完早餐後，我們在宅邸前向希雅和艾蕾羅拉小姐道別。

「優奈小姐，下次來王都的時候請來我們家喔。菲娜也可以隨時來玩。」

「嗯，到時候我會過來的。」

「希雅大人，這次謝謝您的照顧。」

「優奈，這次很謝謝妳。菲娜，城堡裡有些地方我還沒有帶妳去逛過，下次我不會讓別人來打擾，好好帶妳參觀的。」

「……是。」

菲娜露出困擾的表情回答。她對國王應該留下了很不好的回憶吧，真可憐。下次還有機會跟她一起去城堡的話，我可要好好保護她。

我們在宅邸前目送要去上學的希雅和要去城堡工作的艾蕾羅拉小姐。目送兩人離開後，我們也出發了。我們的目的地是位於王都的加札爾先生的打鐵舖。

我一邁出腳步，菲娜就抓住了熊熊手套玩偶。

因為分開了一段時間，她可能覺得很寂寞，所以順著她的意。反正我本來就沒有理由甩開她的手。

「優奈姊姊，我們還不回去嗎？」

看到我走向跟熊熊屋不同的方向，菲娜這麼問道。

「我打算先去加札爾先生那裡一趟再回去。」

我有問題想問加札爾先生，也要處理祕銀小刀的事。因為我打倒祕銀魔偶，也拿到了祕銀。

我牽著菲娜的手走著，來到加札爾先生的打鐵舖。

「不好意思～加札爾先生在嗎～」

我對店裡喊道，加札爾先生則從後頭走出來。

「我還以為是誰，原來是穿著奇妙衣服的妳啊。」

「早安。」

「一大早的，有什麼事？」

雖然說是一大早，但也是普通人開始工作的時間，並沒有加札爾先生說得那麼早。

「我來報告礦山的魔偶問題已經解決的消息。我想最近礦山就能繼續出產礦石了。」

「該不會是妳解決的吧？」

「我只是幫個忙。」

我簡單說明了礦山發生的事。

「妳說祕銀魔偶？真難以置信，而且還是妳這個小姑娘打倒的。」

也對，一般人都會這麼想吧。

「所以我想要請你用祕銀魔偶的素材製作祕銀小刀。可以嗎？」

「去拜託戈德不就好了？你們住在同一個城市，那樣比較方便吧。」

「我是有打算拜託他。可是，我聽說製作祕銀武器很花時間。」

「祕銀加工起來很困難，的確很花時間。」

「所以，我想同時委託戈德先生和加札爾先生。」

我想要製作兩把肢解用的小刀和兩把戰鬥用的小刀。

「理由我知道了。可是，妳不是住在克里莫尼亞嗎？如果做好了也不能馬上來拿，拜託戈德還比較省事。」

「這就不用擔心了。我有方法可以馬上趕過來。」

我可以用熊熊傳送門輕鬆抵達王都。我不會告訴他就是了。

「是嗎？既然妳說可以，那我也沒意見。」

「謝謝。那麼，我把祕銀魔偶拿出來。」

我從熊熊箱裡取出崩解的祕銀魔偶，放在店裡的通道上。

通道都被塞滿了。

「這就是祕銀魔偶嗎？」

加札爾先生靠過來確認崩解的祕銀魔偶。他拿起手臂和身體，仔細地觀察著。他的眼神很認真。加札爾先生看著祕銀魔偶被破壞的切面，然後說出我意想不到的話。

「這是什麼虛有其表的傢伙？」

「虛有其表？」

我對加札爾先生說的話表示疑惑。

「沒錯。這是祕銀魔偶，也不是祕銀魔偶。」

「…………？」

我一頭霧水。加札爾先生把手上的祕銀魔偶碎塊拿給我看。

「這裡和這裡，切面的顏色不一樣吧。」

加札爾先生用粗壯的手指指著切面。兩個地方的顏色的確不同。

「它的外層是祕銀，內層是鐵。」

「咦，真的嗎！」

「沒騙妳。妳回克里莫尼亞後也可以叫戈德確認看看。」

我並不覺得加札爾先生在說謊，只是沒想到祕銀魔偶的內部金屬竟然是鐵。如果這是事實，就算被說是虛有其表也沒辦法。

「可是，還是有祕銀的部分吧。」

「頂多佔全部的二分之一或三分之一吧。」

如果這是神準備的祕銀魔偶……神就太奸詐了。竟然是包著鐵的祕銀，根本是鍍金嘛。感覺

就像是打倒了黃金打造的魔偶，卻發現只有最外層鍍著黃金。就像是詐欺。

「所以，只要用這些做妳的肢解用小刀就行了嗎？」

「我本來是那麼打算，不過可以請你做兩把戰鬥用的小刀嗎？」

「兩把是妳和旁邊那個小姑娘要用的嗎？」

「不是啦，兩把都是我要用。我想要左右手各拿一把。」

看過瑟妮雅小姐的戰鬥方式後，我很想要小刀。她雙手持刀揮砍鋼鐵魔偶的樣子很帥氣。

「雙刀嗎？」

「嗯。」

「那好吧。有人委託，我就做。好了，把手伸出來。」

我依照他的要求伸出手（依然戴著熊熊玩偶手套）。

「妳在耍我嗎？我是想要知道妳的手掌大小和形狀才叫妳伸出手的，因為要做適合妳手形的小刀。」

「可是我要帶著這副手套握刀耶。」

我讓熊熊手套玩偶的嘴巴開開闔闔。

「總之先把那副奇怪的手套拿下來，讓我看看妳的手。」

我乖乖把熊熊玩偶手套脫下來，露出手掌。

「妳的手真小。」

加札爾先生觸碰我的手心。感覺手有點癢。

「而且很柔軟。妳真的要用這雙手握刀戰鬥嗎？」

「我主要是用魔法，可是沒錯。」

「那就好。要是不多鍛鍊一點，磨出血泡我可不管。好了，我知道手的尺寸了。妳把奇怪的手套戴回去，再讓我看一次。」

我戴起熊熊玩偶手套。加札爾先生把手放到玩偶的嘴巴裡，確認我的手掌形狀。

「這手套用的布料很好。」

「你也摸得出來嗎？」

「嗯，算是。我大概知道了。對了，妳急著要嗎？」

「我不急，你可以慢慢做。」

我詢問大概的完成日期。在那之後的幾天後再來就沒問題了吧？

「對了，祕銀要做成哪種類型？依照妳的情況，應該是魔力型吧。」

「祕銀的類型？」

我對第一次聽說的名詞感到疑惑。

「妳連這種事情都不知道就想做祕銀武器嗎？」

就算他這麼說，不知道就是不知道嘛。我玩遊戲時，祕銀武器根本沒有什麼類型之分。為了無知的我，加札爾先生開始說明：

「一種是純粹發揮祕銀的力量，特化鋒利度的類型，這就叫特化型祕銀，主要是給不會用魔法的人使用。另一種是在祕銀裡添加魔法藥，藉此附加魔力的魔力型祕銀，是給會使用魔法的人使用的。魔力型因為會混入其他物質，所以強度較低，但可以靠附加魔力來增加硬度。」

「呃～每個人或多或少都有魔力吧。」

不然就無法為光之魔石點燈，或是從水之魔石取水了。

「除非是能使用一定程度魔法的人，否則沒辦法活用魔力型。」

簡單來說，就是魔力不夠強就沒辦法使用魔力型吧。

「我大概知道了，結果是哪一種比較好？」

「那就要看使用者了。如果特化型祕銀和魔力型祕銀直接互砍，特化型會贏。可是如果在魔力型祕銀裡灌注魔力，威力會隨著使用者變化。不會用魔法、魔力弱的人用特化型；對魔力有自信的人就用魔力型。」

加札爾先生說明得很詳細。不過，原來還有這種區別啊。既然這樣，要選什麼就很明顯了。

「請幫我做魔力型的祕銀小刀。」

「既然這樣，我就拿走兩把小刀需要的祕銀了。」

加札爾先生取走一部分的祕銀魔偶。雖然只有一部分，應該還是很重，他卻輕而易舉地搬了起來。該說真不愧是矮人嗎？

「多的我會還妳。」

「對了，這樣費用大概多少？」

「我想想。因為祕銀是妳自備的，大概這個價錢吧。」

我不懂行情，但我不覺得加札爾先生會騙我，所以同意這個金額。

「取貨時再付款就好。」

「那我下次來的時候再付錢。」

談完費用之後，我想起鋼鐵魔偶的事。

「對了。我有帶伴手禮來，你要嗎？」

我把剩下的祕銀魔偶收進熊熊箱，再從裡面拿出用電擊熊熊鐵拳打倒的鋼鐵魔偶。鋼鐵魔偶站在通道上。

「什麼？」

看到鋼鐵魔偶的加札爾先生很驚訝。也對，看到毫髮無傷的鋼鐵魔偶當然會驚訝了。

「這是鋼鐵魔偶，我想說可以放在打鐵舖裡當裝飾。有它站在店門口，不是很有打鐵舖的感覺嗎？」

「會嚇跑客人啦！」

「我還以為這個主意不錯呢。讓魔偶拿著劍和盾牌，應該會是很醒目的宣傳。」

「那是哪裡來的衛兵啊。」

加札爾先生露出傻眼的表情。

「而且，我不能免費收下這麼貴的東西。」

「沒關係啦，反正我有很多。」

鋼鐵魔偶幾乎沒有用處，就算把其中一尊送給別人也沒關係。

「竟然有很多，妳到底是什麼人？戈德在信裡說妳雖然外表奇特，卻是個優秀的冒險者，所以希望我能幫妳的忙。」

「我姑且算是C級的冒險者。」

「C級……那就還算合理吧？」

加札爾先生重新看著我的熊熊裝扮，露出尷尬的表情。

「總之我知道了。我就當作祕銀小刀的費用收下這尊鋼鐵魔偶。還有，今後小刀的維修保養就算妳免費。」

「我會乖乖付錢的。」

「不需要。不過要是太礙事，我會把它丟了。」

加札爾先生不客氣地說道。

「那我把它放在店裡的角落喔。」

我用熊熊玩偶手套施力，把鋼鐵魔偶移動到店裡的角落。

「放在這裡就不會擋路了吧。」

我回過頭，發現菲娜和加札爾先生都睜大眼睛看著我。

「怎麼了？」

「優奈姊姊……」

「妳的手明明那麼嫩，力氣還真大。」

喔～是因為我移動了鋼鐵魔偶，他們才這麼驚訝吧。普通的柔弱少女應該搬不動鋼鐵魔偶吧。

「那我會馬上開始做，完成了再過來拿吧。」

我正要走出店門口時，想起了一件事。

「對了。加札爾先生，我可以請你看一樣東西嗎？」

「什麼東西？」

我從熊熊箱裡取出打倒祕銀魔偶時拿到的熊礦。

「你知道這是什麼石頭嗎？」

我把熊礦交給加札爾先生。接過熊礦的加札爾先生仔細端詳它。我沒有把熊礦這個名稱說出來。

如果這個世界沒有叫作熊礦的礦石，人家可能會覺得是我命名的。加札爾先生從各種角度看了看熊礦，卻露出疑惑的表情。

「我從來沒見過這種礦石。」

竟然連身為矮人的加札爾先生都不知道。熊礦到底是什麼礦石啊？

「這個礦石掉在祕銀魔偶待過的地方。」
正確來說是埋在土裡。
「雖然看得出來不是普通的石頭，但其他的事我就不知道了。我的師父或許會知道。」
「加札爾先生的師父？」
「是啊，不過他在我的故鄉，所以沒辦法馬上請他看。」
「你的故鄉在哪裡？」
「礦山附近有矮人聚集的城市。我是在那裡跟師父學習打鐵技術的。」
「矮人聚集的城市！有那種城市嗎？很遠嗎？」
竟然有矮人的城市，簡直就像哪個幻想故事一樣。如果真的有，我一定要去看看。
「很遠。總之不是能輕鬆前往的距離。」
「可以告訴我在哪裡嗎？」
「妳想去嗎？」
「我總有一天想去看看。」
我不只想去矮人的城市，也想去精靈的國家看看。只要去問身為精靈的莎妮亞小姐，她就會告訴我精靈之國在哪裡吧？
令人期待的事情愈來愈多了呢。
「如果妳真的要去，我可以幫妳寫封給師父的介紹信。」

「真的嗎！拜託你了。」

「那麼在祕銀小刀做好之前，我也會把介紹信準備好。」

「謝謝你。」

取得矮人城市的情報了。

161 熊熊跟有煩惱的女孩說話

向加札爾先生委託完小刀的事情後，我決定順便去解決莫琳小姐拜託我的事。

「菲娜，我還要再去一個地方，可以嗎？」

「要去哪裡呢？」

「莫琳小姐拜託我去看看她在王都的店面。」

她說從外面看看就好，請我幫忙確認店面有沒有被破壞。那是她丈夫留下來的重要店面。她將來或許會想要回來。如果她想要回王都，我不會阻止，打算成全她。可以的話，希望是等孩子們長大，我的店面已經沒有問題的時候。我覺得莫琳小姐應該也願意等到孩子們長大的時候。

我來到莫琳小姐的店面。雖然是很小的店，卻讓我很懷念。我在這裡買了莫琳小姐做的麵包，救了遭到攻擊的莫琳小姐和卡琳小姐。要不是那時候的事，我就不會遇到她們兩個人，她們也不會來克里莫尼亞了。

看起來好像沒有被別人塗鴉什麼的。如果是我原本的世界，鐵捲門之類的東西常常會被別人用噴漆亂塗鴉。

「優奈姊姊，有人坐在店門口。」

真的耶。有個女孩抱著雙腿坐在店面前。她是誰？該不會是因為買不到莫琳小姐的麵包，所以很沮喪吧？可是自從這家店歇業，已經經過很長一段時間了。

我覺得有點在意，決定跟她打聲招呼。要是她不知道還特地過來，那就太可憐了。

「妳怎麼坐在這種地方？」

我出聲搭話，一頭淡褐色頭髮的女孩就抬起頭來。她的年紀跟我差不多，髮長稍微過肩。

「熊？」

「這家店已經沒有營業了喔。」

我忽略熊這個詞，只轉達事實。

「嗯，我聽說了。好像是遇上了麻煩，所以在這家店工作的人都跑掉了。」

有人看到那起事件的話，的確會這麼想。流氓到店裡鬧事後過了幾天，店面就人去樓空。況且事情剛好是發生在國王誕生慶典結束時。在那麼熱鬧的時候消失，當然會引發傳聞了。

「莫琳姑姑，妳跑到哪裡去了？如果沒事就告訴我嘛……」

女孩一臉哀傷地說出莫琳小姐的名字，然後低頭抱起雙腳。我和菲娜對女孩說出口的名字感到驚訝，面面相覷。

「呃，妳認識莫琳小姐嗎？」

我本來只想跟她稍微說幾句話就離開，但既然她提到莫琳小姐的名字，我可不能就這麼走人。

「妳認識莫琳姑姑嗎！」

我提到莫琳小姐的名字，女孩就再度抬起頭看著我。

「妳知道莫琳姑姑在哪裡嗎？我問過幾個人，可是大家都說不知道。」

莫琳小姐沒有跟鄰居說自己要去克里莫尼亞嗎？

「莫琳小姐和女兒卡琳小姐到克里莫尼亞開了新的店喔。」

「那是真的嗎！」

女孩站起來用力抓住我的肩膀。

「是真的。我和這孩子是從克里莫尼亞來的，也認識莫琳小姐和卡琳小姐。」

女孩聽到我這麼說，轉頭看一旁的菲娜。菲娜回答：「是的，她們都會做美味的麵包給我們吃。」

「真的嗎？是真的吧？呼，太好了，原來她們沒有死。聽說店面被砸，還有可怕的男人在找莫琳姑姑的時候，我還以為出了大事。」

女孩腿一軟，跌坐在地上。

只聽一部分的狀況，她們的確很有可能已經死了。這女孩沒有聽說她們被熊救了的事嗎？

「可是，原來她們在克里莫尼亞城開店。姑丈去世的時候，我還很擔心呢，太好了。」

「也就是說，妳認識莫琳小姐？」

雖然從對話就大概猜得出來，我還是這麼問。

「呃，莫琳姑姑是我爸爸的妹妹。」

就跟我想的一樣，果然是親戚。

莫琳小姐也沒有跟親戚說自己要去克里莫尼亞嗎？如果是莫琳小姐，這方面的事情應該會確實做到才對。

「那個，謝謝妳告訴我這些。」

女孩握住我的熊熊玩偶手套，向我道謝。

「可是，克里莫尼亞啊。不知道錢夠不夠？」

女孩打開裝著錢的束口袋，確認裡面的金額。

「嗚嗚，可能不夠，還要考慮今天住宿的錢才行。我本來打算去莫琳姑姑家住，所以沒有準備那麼多錢。」

女孩看著錢包，露出難過的表情。

「嗚嗚，得去找工作賺錢了。」

「……優奈姊姊。」

菲娜拉了拉我的衣服。我知道。我不知道她為什麼要去找莫琳小姐，但既然是莫琳小姐的親戚，我就不能坐視不管。要是她發生什麼萬一，我就沒有臉去見莫琳小姐了。

我從熊熊箱裡拿出一筆錢，遞給女孩。

「……？」

「這些拿去用吧。」

這筆錢可以搭乘有護衛隨行的馬車到克里莫尼亞，就跟我之前給莫琳小姐和卡琳小姐的金額差不多。

女孩交互看著錢和我。

「呃？」

「有了這些錢，應該就可以搭馬車到克里莫尼亞了。」

女孩只是盯著錢看，遲遲不收下來。我嫌麻煩，於是抓起女孩的手，把錢放到她手上。

「等一下，我不能收下陌生女孩的錢。妳光是告訴我莫琳姑姑在哪裡，我就很感激了。而且，不可以這麼輕易就把錢拿給不認識的人喔。妳爸爸媽媽沒有教妳嗎？」

我們明明差不多年紀，我卻有種被她當成小孩看待的感覺。

「妳不算是不認識的人啦。因為我認識莫琳小姐，所以不能對身為她親戚的妳見死不救。如果莫琳小姐知道我丟下妳不管，我會沒有臉去見她，所以妳不必在意錢的事。如果妳想還錢的話，我也會回克里莫尼亞，妳可以到時候再還我。」

女孩思考了一下，握住手上的錢。

「謝謝妳，我一定會把錢還給妳的。可以告訴我妳家在哪裡嗎？」

「妳去莫琳小姐那裡就可以再見到我了。莫琳小姐在一家叫『熊熊的休憩小店』的麵包店工作，不要忘了喔。」

「可以至少告訴我妳的名字嗎？」

「我叫優奈。關於我的事，妳只要問莫琳小姐就知道了。」

「我叫涅琳。優奈，謝謝妳。我一定會還錢的。」

我和菲娜跟莫琳小姐的姪女——涅琳道別。

話說回來，真沒想到會在店門口遇到莫琳小姐的親戚。她以後搞不好會到我的店工作。

「優奈姊姊，妳為什麼不說莫琳小姐是在妳的店裡工作呢？」

「我覺得不說比較有趣。」

「優奈姊姊好壞喔。」

而且我心裡覺得與其說那是我的店，更像是莫琳小姐的店。或許這才是真正的原因。

和涅琳道別的我們在路邊攤吃過飯，回到了克里莫尼亞。

「終於回來了。」

我回到睽違已久的自己家——克里莫尼亞的熊熊屋主宅。我原本明明打算當天來回，沒想到花了好幾天。當作遊戲裡的活動就沒什麼大不了的，但也是預料之外的重要工作。

不過既然已經拿到祕銀，我就滿足了。雖然也給菲娜添了不少麻煩。

「優奈姊姊，妳今天要做什麼？」

我們回來時有在王都的露天攤販買東西吃，所以現在的時間是剛過中午不久。

「菲娜，妳也累了吧。我送妳回家，妳今天就好好休息吧。」

10歲的女孩外宿了幾天，應該很累了。而且我也想休息。

「優奈姊姊，我可以一個人回家，沒問題。」

我想送她到家裡，卻被她拒絕了。

「可是，我還得跟堤露米娜小姐打聲招呼才行。」

「沒關係，媽媽也能理解的。」

「是嗎？那明天早上妳和修莉一起來我家吧。」

「我和修莉一起嗎？」

菲娜一臉疑惑。我說了什麼奇怪的話嗎？

「嗯，妳們兩個一起來吧。」

「我知道了。那麼，明天早上我會和修莉過來。」

「幫我跟堤露米娜小姐問好。」

菲娜點點頭。

「優奈姊姊，雖然這次發生了很多不得了的事，還是謝謝妳帶我去王都。雖然遇到國王陛下的時候差點嚇死我，可是我很開心。」

「妳開心就好。」

「雖然我不太想跟國王陛下見面，可是下次想跟修莉一起去看看城堡裡的庭園。」

「下次大家一起去吧。」

「好的。」

菲娜回答後，離開了熊熊屋。

剩下一個人的我決定今天不外出，在家裡跟熊緩和熊急悠閒地度過。

162 熊熊被菲娜小姐臭罵

回到克里莫尼亞的隔天，菲娜帶著修莉來到了熊熊屋。

真是個遵守約定的好孩子。

「優奈姊姊，早安。」

「早安，優奈姊姊。」

姊妹倆要好地向我打招呼。

「妳們兩個早安。好了，我們走吧。」

我回應後，帶著她們兩個人走出熊熊屋。

「堤露米娜小姐有罵人嗎？」

我很在意昨天讓菲娜一個人回家的事，忍不住這麼問。

「沒有，別擔心。因為是跟優奈姊姊在一起，她很放心。」

我很高興她這麼信任我，但應該要吐槽「當媽媽的這樣好嗎？」，不知該作何反應。

「優奈姊姊，我們今天要去哪裡？」

修莉一手牽著菲娜的手，一手牽著我的熊熊玩偶手套問道。

「我們要去戈德先生那裡做小刀。」

「做小刀？」

修莉微微歪起頭。對了，我還沒跟她說明過呢。

「我上次跟菲娜一起出遠門，拿到了叫祕銀的礦石，我們要去請戈德先生把這種礦石做成小刀。」

我說明得讓年幼的修莉也聽得懂。

「可是為什麼我也要去？」

「是為了請人家做一把適合妳的小手的肢解用刀喔。」

我握了握修莉的小手。她的手真的很小。

「優奈姊姊之前已經給我一把刀了啊。」

「跟那把刀是不一樣的刀喔。」

「不一樣的刀？」

修莉再次歪起頭。

算了，跟７歲的孩子說明礦石的種類，她也聽不懂吧。

「是比那把刀更利的刀喔。」

最近修莉開始對各式各樣的事情產生興趣。菲娜在熊熊屋肢解魔物或動物的時候，她會跟過來看肢解過程或在旁邊幫忙。

去店裡的話，她對莫琳小姐和安絲做的麵包和料理很感興趣，也會到廚房露臉。她還會學習讀書寫字，幫忙堤露米娜小姐的工作，或是照顧孤兒院的鳥兒。

她現在正是對各種事物抱持興趣的年紀吧。

所以之前修莉來看菲娜肢解的時候，我把自己一次也沒用過的肢解用刀送給了她。雖然我覺得把肢解用刀送給7歲的小女孩有點怪，但堤露米娜小姐和根茲先生什麼都沒有說。在日本，給小孩子拿刀會被罵，但在這個世界就算是小孩子，如果有必要的話似乎也沒關係。

順帶一提，讓她隨身帶著很危險，所以那把小刀是放在熊熊屋的倉庫。只有要幫忙菲娜肢解的時候，我才會讓她使用。

雖然我不知道修莉未來會走上什麼樣的道路，或許會像她的父親——根茲先生一樣到公會任職，做肢解魔物的工作。那樣一來，學會肢解技術並不是件壞事。

反正就算做了肢解用的祕銀小刀，我也不會用。那麼，做給多少會用到的修莉還比較有意義。

「優奈姊姊，妳該不會也要送一把祕銀小刀給修莉吧！」

「是啊。我昨天沒有說嗎？」

「妳只有叫我和修莉來家裡而已。」

「是嗎？」

「是的！」

菲娜一聽到我說的話，就鼓起雙頰生氣了。

「優奈姊姊！妳太奇怪了！優奈姊姊的腦袋是怎麼了！」

「什麼？為什麼要生氣？」

菲娜很少突然大呼小叫，更不要說是生氣了。

「優奈姊姊知道祕銀小刀有多貴嗎？我都不知道自己該不該收下來了，竟然還要多做一把給修莉，真是不敢相信！」

與其說是生氣，這還比較接近說教。看到這樣的姊姊，修莉不知所措。

「那個，菲娜小姐？有必要這麼生氣嗎？」

看著現在的菲娜，我不禁用「小姐」來尊稱她。

「妳以為一把祕銀小刀要花掉媽媽幾個月的薪水！」

菲娜的說教停不下來。

我直到不久以前才知道祕銀的存在，關於祕銀的價值，也只知道它很貴。而且我是異世界人耶，這個問題對異世界人來說太困難了啦。

可是我也不能這麼說，只隨便回答：

「呃～我猜三個月左右？」

雖然一點關係也沒有，但我想起以前聽說日本的結婚戒指大概要花掉三個月的薪水，於是這麼說道。

「不對！怎麼可能那麼便宜！」

我又挨罵了。我在人來人往的路上被10歲的少女臭罵。

「我以前就這麼想了，優奈姊姊的金錢觀太奇怪了！」

「對不起。」

話題往奇怪的方向發展。可是，我沒辦法指責現在的菲娜。而且我對她說的話也有頭緒，所以也無法反駁。於是，我現在只能默默地聆聽菲娜的說教。

最後菲娜告訴我，祕銀小刀的價格遠遠不只堤露米娜小姐的幾倍薪水，讓我很訝異。

原來堤露米娜小姐的薪水那麼少啊。我下次要幫堤露米娜小姐加薪才行。可是，現在的重點不是這個。

「請優奈姊姊在行動之前多想一下。」

「對不起。」

反駁的話，她應該會更生氣，所以我乖乖道歉。這個時候，有人拉了我的手臂。我看向手臂，是修莉正在拉我。

「優奈姊姊，我不用小刀。」

被姊姊的怒火嚇到，修莉膽怯地拒絕了祕銀小刀。

「好吧。要是送妳，妳姊姊會生氣，我改用借的好了。」

我撫摸修莉的頭。

「優奈姊姊！」

「只是借她的話沒關係吧。有需要的話就拿去用，不用的時候放在倉庫裡就好。」

「可是……」

即使如此，菲娜還是不太能接受。

「只有妳在時，我才會讓她用刀。而且妳也稍微想想看，就算我有肢解用的祕銀小刀，妳覺得我會用嗎？」

我稍微抬頭挺胸地說。

至今，我曾經想過要挑戰看看肢解。可是，我沒辦法肢解。我有在戰鬥中砍過魔物和動物，所以能切開野狼的腹部。不過，我沒辦法把手伸進切開後的溫熱肚子裡。

把手伸進切開的肚子裡，對在日本都市長大的現代小孩來說難度太高了。這在遊戲世界裡也沒有經歷過。當時只要打倒魔物，不用肢解，素材就會直接裝進道具箱裡。

「優奈姊姊，妳是冒險者吧？」

是的，我是冒險者。菲娜傻眼地看著我。可是，做不到的事情就是做不到。我這種人就算擁有肢解用的祕銀小刀，也是「把珍珠丟在熊（豬）面前」。（註：意同暴殄天物）

要是技能裡面也有肢解術就好了，伸手一碰就能自動肢解之類的。強求不存在的東西也沒有意義。我正感到沮喪的時候，菲娜笑了出來。

「真是的，優奈姊姊，妳不要那麼難過嘛。」

「菲娜？」

「要是優奈姊姊學會肢解，我會很傷腦筋。因為我能幫得上優奈姊姊的事只有肢解。而且如果優奈姊姊本來就會肢解，我大概就沒辦法像這樣跟妳在一起了。」

菲娜牽著熊熊玩偶手套的手更加用力。然後她垂下視線，一瞬間露出悲傷的表情。

「………」

「第一次跟優奈姊姊相遇的時候，優奈姊姊不會肢解，而我會肢解，才會有現在。所以優奈姊姊不會肢解也沒關係，因為我會。」

菲娜抬起頭這麼說。她的表情不是在開玩笑，而是表達自己真實的想法。

「菲娜……」

「我也會幫忙。」

修莉握著我的熊熊玩偶手套和菲娜的手宣言。她們或許是以為如果我學會肢解，就會被我拋棄。我明明不可能那麼做。她們倆都握著熊熊玩偶手套，所以我像摟住她們一樣，把她們抱到胸前。

「那我下次會去屠龍，到時候就拜託妳們了喔。」

「嗯，我會努力肢解的。」

「我也會努力。」

我撫摸菲娜和修莉的頭。

真是對可愛的姊妹。

「可是，請優奈姊姊改一下自己的金錢觀。」

「我盡量。」

我們全都笑了。

163 熊熊訂做肢解用的小刀

我和菲娜與修莉手牽著手，一起來到戈德先生的打鐵舖。

「不好意思～」

我這麼說，沒有等待回應就走進店內。我還以為店裡跟平常一樣是妮爾特小姐在顧店卻不是。戈德先生掛著一張臭臉，在店裡擦拭要拿來賣的劍。

「戈德先生？」

「喔喔，菲娜和修莉。熊姑娘也在啊。」

看到菲娜她們的時候，一張臭臉變得像看到孫女的爺爺。

「戈德先生竟然在顧店，真稀奇呢。」

不要說是稀奇了，這可能是我第一次見到。

「我老是在睡覺，不工作，就被妮爾特那傢伙踹了出來，只好在這裡擦擦店裡的東西。」

「妮爾特小姐呢？」

「她跟認識的鄰居出門去了。對了，有什麼事？妳不是去王都了嗎？」

「我去見了加札爾先生，謝謝你給我的介紹信。」

我在拿到介紹信的時候跟妮爾特小姐道過謝，可是還沒有跟寫介紹信的戈德先生道謝。

「妳也回來得太早了吧？對了，妳有熊的召喚獸呢。」

他獨自感到疑惑，又獨自得出了解答。雖然我是用熊熊傳送門移動的，但是沒有否認戈德先生的答案。

可是，我明明沒有讓戈德先生看過熊緩和熊急，他好像早就知道這件事了。也對，我沒有在克里莫尼亞隱瞞召喚獸的事，所以戈德先生知道也不奇怪。

「對了，加札爾過得好嗎？」

「他很好喔。」

「這樣啊，我和那傢伙也有一陣子沒見了。下次跟妮爾特一起去找他好了。」

戈德先生撫著自己下巴的長鬍鬚，一臉懷念地說。

「所以，妳買到祕銀小刀了嗎？」

「這個嘛，雖然經過一番波折，不過我拿到祕銀礦石了。所以我想請戈德先生做菲娜她們要用的肢解用祕銀小刀。」

「妳沒有找加札爾做嗎？」

「我有請加札爾先生做我的戰鬥用小刀。可是，考量到後續保養的需求，我想請戈德先生做菲娜她們的小刀。戈德先生應該也不想保養別人做的小刀吧。」

「沒那回事。看別人做的刀可以學到東西。如果沒有吸收別人的優點、磨練自己的技術，那

就不會進步了。」

感覺好帥。很有正統工匠的風範。

「不過，妳真的要做祕銀小刀給她們嗎？妳知道祕銀的價格嗎？」

「我知道。」

在來這裡的路上，菲娜告訴我了。

「知道就好。那幫菲娜妹妹做一把小刀就行了吧？」

「修莉也要一把。」

「……我再問妳一次，妳真的知道祕銀的價格吧？」

戈德先生瞇起眼睛看我。

「我知道啦。」

那果然不是拿來送小孩子的貴重物品呢。

「給修莉的小刀，我打算只在需要的時候借給她。」

「這樣啊。那麼妳不需要肢解用小刀嗎？」

「畢竟就算做了，我也不會用。」

「妳是冒險者對吧？」

大家果然都有一樣的感想。冒險者就一定要會肢解才行嗎？算了，反正我有熊熊箱，也有菲娜這個肢解專家在身邊，我今後也不打算學會肢解。

「所以，妳大概有多少祕銀礦石？」

「與其說是礦石，其實是魔偶。」

我從熊熊箱裡拿出半毀的祕銀魔偶。

「這些全都是祕銀嗎？」

「根據加札爾先生的說法，它好像是虛有其表。」

「虛有其表？」

我直接轉達加札爾先生說過的話。戈德先生聽完我的說明後靠近祕銀魔偶，把它的一部分拿到手上。

「加札爾說的話還真有意思。鐵和祕銀的合板啊。我也是第一次見到祕銀魔偶，但這種魔偶我從來沒見過，也沒聽說過。」

連戈德先生都沒聽說過虛有其表的魔偶啊。

「不過，有這些祕銀就很夠了。缺少的部分是被加札爾拿走的嗎？」

為了做我的小刀，一部分的祕銀魔偶被加札爾先生拿走了。

「那麼，我也要拿走小刀需要的分量。」

戈德先生拿起祕銀魔偶的一部分。矮人的力氣真大。

「對了，妳什麼時候要？」

「我沒有特別急著要。不過，希望你先做菲娜的那一把。」

黑虎的肢解並不急，只要能肢解就好了。

「知道了。總之，菲娜的小刀三天內就可以完成了。」

「好。那麼費用大概要多少？」

我想應該和加札爾先生做戰鬥用刀的價格不同，但戈德先生的回答卻出乎我的意料。

「不知道。這種事我都交給妮爾特決定。」

這個矮人沒救了。加札爾先生雖然也是工匠型的人，但這部分的事情還是會做好。但是，戈德先生似乎是只會打鐵的工匠。

因為如此，店裡才總是只有妮爾特小姐在顧啊。

「呃，那要怎麼辦？」

「妳去問妮爾特吧！」

他這樣算是在顧店嗎？

後來，為了製作菲娜和修莉的小刀，戈德先生看了看、握了握姊妹倆的手，也跟我們討論刀柄的部分要用什麼素材。這些我都不懂。修莉似乎也一樣，把小刀的事情交給菲娜決定，默默地在一旁聽著。

我正在店裡看武器的時候，有人走進店裡了。

「唉呀，這不是優奈嗎？」

走進店內的是妮爾特小姐。

「妮爾特小姐？太好了，我有事想要問妳。」

「什麼事？」

我告訴她自己取得了祕銀，來這裡訂做菲娜和修莉的小刀，而菲娜她們正在裡頭討論細節。

「可是，戈德先生說他不知道價格是多少。」

「那真是不好意思。如果是店裡的商品，我們家老闆還能銷售；如果是訂做新的東西，他就沒辦法判斷了。明明連金額都決定不了，那個笨蛋老闆還是接下了工作呢。」

傻眼的妮爾特小姐嘆了一口氣。

「這部分我很信任戈德先生和妮爾特小姐。」

「妳能這麼說，我很高興呢。那我就給妳一點折扣好了。」

「可以嗎？」

「是啊，這是謝謝妳給我家老闆工作。」

那種類型的工匠的確必須給他工作。

「對了，我有伴手禮要送給妮爾特小姐。」

「伴手禮？」

「這是我拿到祕銀時一起拿到的。希望妳願意裝飾在店裡。」

我把鋼鐵魔偶拿出來，放在店裡不會擋路的地方。妮爾特小姐露出驚訝的表情，靠過去觸摸鋼鐵魔偶。

「它不會動吧？」

「不會動啦。」

「身上一點傷痕也沒有。我還是第一次見到狀況這麼好的鋼鐵魔偶。妳真的要把它當成伴手禮送給我嗎？妳知道這麼多鐵可以賣到多少錢嗎？」

「我希望妳讓它拿武器或盾牌，放在店裡當裝飾。」

「把狀態這麼好的鋼鐵魔偶熔掉的確很可惜。可是就算想讓它拿武器，它的手臂也沒辦法彎曲。」

妮爾特小姐拍打著鋼鐵魔偶說。鋼鐵魔偶維持在我打倒它時的姿勢。

「先把手臂拆下來，把關節部分改成可動式應該就沒問題了。」

不愧是工匠的妻子。可是，如果能做到那種事，剩下的魔偶也請她改造一下好了。那樣一來，就可以做出各種動作了。

妮爾特小姐收下了鋼鐵魔偶，答應我要讓它拿武器和盾牌，擺在店裡當裝飾。而且就跟加札爾先生那時候一樣，祕銀小刀的費用變成免費的了。

「畢竟祕銀是妳自備的嘛。剩下的就只有老闆的技術費用了，所以沒有問題。」

我覺得那份技術才是金錢無法衡量的東西。但這是難得的好意，我決定恭敬不如從命。

我正在跟妮爾特小姐說話的時候，菲娜她們的事情好像也談完了。

「那就麻煩老闆了。」

「麻煩老闆了。」

菲娜和修莉對戈德先生低頭行禮。

「談好了嗎？」

「是的。應該可以做出很棒的成品。」

菲娜看起來很開心。

「希望能做出很棒的小刀。」

「是。」

我們向妮爾特小姐和戈德先生道別後，走出店裡。

164 熊熊和布里茨等人再會

離開戈德先生的店後，我去拜訪堤露米娜小姐。就算事前已經取得許可，我還是要為讓菲娜外宿幾天的事情道歉。雖然菲娜說過不需要，但我認為這種事情還是要確實做到才行。

「如果是優奈，隨時都可以來借人，儘管帶她四處跑沒關係。」

我道歉後，得到這種回應。這樣對待自己的女兒好嗎？不過，我沒有吐槽，這種時候就要順著人家。

「那麼，我以後還會來借人的。」

我回答。聽到這段對話的菲娜大叫「媽媽！」，真是一幅溫馨的景象。

「對了，安絲有話要我轉告妳。」

「安絲嗎？」

「她說有妳的朋友到店裡，要我跟妳說一聲。」

「……朋友？她有說是誰嗎？」

「不知道。我只聽說這些，不太清楚。」

我的朋友來拜訪，到底是誰？

賣起司的老爺爺？賣馬鈴薯的薩摩爾先生？可是，他們兩個要去也是去莫琳小姐的店，堤露米娜小姐應該也認識他們。我想了想，卻沒有頭緒。

在這裡苦思也不是辦法，所以我和菲娜她們道別，前往安絲的店。

前方就是安絲的店了。為了讓客人看出是賣魚料理的店，店門口擺著一尊抱著魚的熊熊石像。

我經過熊熊石像旁走進店裡時，賽諾小姐注意到我。

「優奈？」

賽諾小姐穿著繡有熊熊圖案的圍裙，向我走過來。大家剛開始都為此感到害臊，但現在似乎都習慣了，沒有表現出難為情的樣子。

「安絲在嗎？」

我問賽諾小姐。

「在喔。安絲！優奈來了喔～」

賽諾小姐對廚房喊道。聽到聲音的安絲從後頭的廚房跑出來。她也穿著熊熊圍裙。

「優奈小姐，妳跑到哪裡去了！」

「我出了一趟遠門。我聽堤露米娜小姐說有我的朋友來，是誰來了？」

「是布里茨先生啦。我之前有在店裡看到他。」

「布里茨嗎？」

布里茨是我在密利拉鎮遇見的冒險者。掃蕩盜賊的時候，我有受他照顧。這麼說來，他的確說過等到密利拉鎮平靜下來後，要來這裡看看。

「因為不知道妳去了哪裡，我問堤露米娜小姐，她就說妳帶著菲娜出門去了，所以我請她轉告妳一聲。」

「那妳有問布里茨在哪裡嗎？像是住宿的旅館什麼的。」

「我沒有聽說是哪間旅館，不過他說會暫時在這座城市工作一陣子。所以只要去冒險者公會，應該就可以見到他了。」

明明都來打招呼了，自己住在哪間旅館也順便說一下嘛。

「好吧，那我去冒險者公會一趟。」

我向安絲道別，前往冒險者公會。雖然人不在公會的可能性比較高，但問問海倫小姐或許能知道些什麼。

我走進冒險者公會，因為時間等因素，裡頭很安靜。這裡和王都不同，沒有令人不愉快的視線飛來。就算有人看到我，也是露出「喔，是熊啊」的表情，馬上移開了目光。

我環顧室內，沒有見到布里茨等人的身影。

「優奈小姐，這個時候來有什麼事嗎？」

我掃視公會內部時，坐在櫃台的海倫小姐對我說話。她看起來有空，於是我決定問她。

「我聽說最近有個叫布里茨的冒險者來，妳知道他在哪裡嗎？」

「布里茨嗎？」

「他是從密利拉鎮來的冒險者，總是有三個女人陪侍。而且那些小姐一個是美女，一個是可愛女孩，一個是帥氣的女性。他就是實現了男人的夢想，男性公敵般的冒險者。」

我把布里茨的特徵說明得簡單明瞭。海倫小姐則難以啟齒地開口說：

「呃~我想站在您後面的人就是了。」

我回過頭，看到布里茨威風凜凜地站在那裡。

「好久不見。」

我舉起熊熊玩偶手套打招呼。

「還說什麼好久不見。妳那是什麼問法啊！」

「我問得很淺顯易懂啊。」

「哪裡淺顯易懂了？」

我望向站在布里茨背後的三名女性。美女型、可愛型、帥氣型，應有盡有。

「我沒說錯吧？」

聽到我這麼說，她們三個人回以尷尬的笑容。

「呵呵，優奈，好久不見。」

「羅莎小姐，好久不見。大家都很有精神呢。」

我看向羅莎小姐身旁的蘭和格里莫絲。

「當然嘍。」

「很高興妳也這麼有精神。」

蘭和格里莫絲好像也都沒變。

「優奈，妳是特地來找我們的嗎？」

「因為你們好像有去過安絲的店。對了，你們是來工作的嗎？」

「我們今天沒有接委託。」

布里茨冷淡地回應。

「我們到剛才為止都在城裡觀光。」

「這座城市好大喔。」

羅莎小姐和蘭代替布里茨回答。

「那為什麼會來冒險者公會？」

「因為我們打算明天開始工作，所以正好來確認有什麼委託。」

「結果就發現某隻熊在說我的壞話。」

「那是被害妄想，我才沒有說布里茨的壞話。」

「哪裡不算壞話了？竟然說我有三個女人陪侍……」

他全都聽到了啊。

「那是事實吧。」

布里茨的左右有三名女性圍繞著。布里茨看了看她們三人，也理解了我說的話。

「那麼，男性公敵般的冒險者是怎麼回事？」

「你看看周圍就知道了。」

我指向屋內的其他冒險者。布里茨同樣將目光轉向他們，男性冒險者都同意我說的話。看到這種反應的布里茨只能閉上嘴。

而羅莎小姐代替沉默的布里茨對我說：

「我們向很多人問過關於妳的事，大家都知道妳是誰呢。聽說妳還在冒險者公會大鬧一場過。」

那只不過是對手來糾纏我，而我趕走他們罷了。

「而且還一個人打倒黑蝰蛇和哥布林王，太誇張了。」

蘭不敢相信地說。

「我們也去了妳經營的店，生意非常好呢。」

「我們今天的午餐是在『熊熊的休憩小店』吃了麵包，很好吃喔。」

「熊熊麵包，很可愛。」

表情不多的格里莫絲臉上稍微漾起笑容。

「我們還去了安絲的店吃飯，味道好得不輸迪加先生的料理呢。」

「你們已經吃過了啊。我原本還想要請你們。」

「要吃幾次都沒問題，再請我們吃也沒關係喔。」

羅莎小姐笑著說。羅莎小姐等人是C級冒險者，應該賺了不少錢，不過約定就是約定。

「那我請你們吃晚餐。哪一家店比較好？」

「安絲的料理很好吃，不過麵包也不錯呢。」

「我沒辦法抉擇。」

羅莎小姐和蘭一臉認真地猶豫著。

「羅莎小姐你們幫了我很多，兩家店都請吧。你們會暫時待在克里莫尼亞吧？」

「嗯，我們有這個打算。我們會暫時承接委託，同時在城裡觀光。」

「那麼，今天去安絲的店吧。你們午餐吃過麵包了吧。」

我們說好大家一起去安絲的店吃晚餐，雖然時間還早，但我們決定馬上出發。

165 熊熊做草莓蛋糕

我終於完成了惡魔的食物。我用手指沾起做好的白色柔軟物體，舔了一口。

「好甜。」

和布里茨等人吃完飯後，我看到城裡有人在賣草莓，就忽然很想吃草莓蛋糕。然後經過三天的研究，我終於做出了鮮奶油。

有了鮮奶油，就可以做出各式各樣的點心了。

我馬上為了做出草莓口味的奶油蛋糕，開始做海綿蛋糕。然後，我把海綿蛋糕切成上下兩層，在中間夾上滿滿的草莓和鮮奶油。接著將鮮奶油塗滿整個蛋糕，把草莓漂亮地點綴上去，草莓口味的奶油蛋糕就完成了。

沒想到靠著模糊的記憶也做得出來。

我馬上把草莓蛋糕切塊，放到盤子上。

嗯～雖然跟店裡賣的草莓蛋糕比起來賣相稍差，但也差不多吧。我用叉子扠起盤子上的草莓蛋糕，送進嘴裡。

嗯，真好吃。辛苦做出來也值得了。

味道當然比不上專業師傅做的草莓蛋糕，不過以外行人來說已經很好吃了。

但是，要注意不能吃太多。就算我是不易胖的體質也要小心，別過度攝取糖分。多虧熊熊布偶裝，別人不容易看出我的體型，但我不知道什麼時候會跟別人一起洗澡。要是菲娜和修莉說我「肚子軟軟的」，我可能會難過得一蹶不振。

我吃著久違的草莓蛋糕時，有人來熊熊屋拜訪了。是誰？竟敢打擾我品嚐草莓蛋糕的時光。

「優奈姊姊。」

我打開門就看到菲娜。既然是菲娜就沒辦法了。如果是克里夫或米蕾奴小姐，我一定會把人趕回去。

「菲娜，有什麼事嗎？」

「今天不是要去戈德先生那裡拿做好的祕銀小刀嗎？」

「……這麼說來，的確有這回事呢。」

因為這三天我都窩在家裡做蛋糕，所以忘記了。

「只是三天前的事耶～」

菲娜嘟起嘴巴對我說教。

可是，今天不是做那種事的時候。我做了鮮奶油，現在正在吃草莓蛋糕。小刀不會跑掉，但蛋糕說不定會腐壞。熊熊箱？我現在決定忘記那種東西的存在。對現在的我來說，吃蛋糕的優先順序比較高。

「菲娜，別管那件事了。我做了好吃的東西，要不要一起吃？」

我牽起站在玄關的菲娜的手，硬是把她拉進熊熊屋。難得都做好了，我也想聽聽菲娜的感想。

我讓菲娜坐到椅子上，把草莓蛋糕端到她面前，還準備了牛奶當作飲料。

「這是什麼？」

「這是草莓蛋糕喔，很好吃的。妳吃吃看，再告訴我感想。」

菲娜戰戰兢兢地把蛋糕送進口中。把沒有見過的東西放進嘴裡可能讓她很害怕吧。

吃了一口蛋糕，菲娜的表情就變了。

「怎麼樣？」

「很好吃！」

菲娜又吃了第二口、第三口，專心一意地把蛋糕送進嘴裡。她津津有味地吃著草莓蛋糕，拿著叉子的手停不下來，嘴巴附近都沾到鮮奶油了。看來評價相當好。

「這個白白的東西是什麼呢？」

「這叫鮮奶油，簡單來說就是把牛奶打到起泡的東西。另外還有用到砂糖。」

「草莓也很好吃。」

草莓口味的奶油蛋糕是最經典的。不過，下次用其他水果來做蛋糕說不定也很不錯。我正在

想著這些事的時候，菲娜面前的草莓蛋糕已經在轉眼之間消失了。

「味道怎麼樣？」

「非常好吃。」

菲娜露出十分幸福的表情，然後偷偷瞄向放在稍遠處剩下的草莓蛋糕。她平常很懂事，也有些超齡的地方。不過她這個模樣就跟同年的女孩相同，讓我感到安心。

我靜靜地切起蛋糕，放到菲娜的盤子上。菲娜交互看著我和蛋糕。

「吃吧。」

可是，菲娜沒有開動。

「妳不吃嗎？」

「我可以帶回家嗎？我也想給修莉吃。」

「呵呵。」

「為、為什麼要笑！」

我撫摸菲娜的頭。我只是因為菲娜是個關心妹妹的好姊姊才笑，她真的是個愛家的好孩子。

「蛋糕還有很多，妳不用客氣。而且就算吃完了，再做就好了。」

我切下要給修莉和堤露米娜小姐的蛋糕，放進籃子裡。

「要幫我問問修莉和堤露米娜小姐的感想喔。」

我把裝了蛋糕的籃子交給菲娜。

「謝謝優奈姊姊。」

接過籃子的菲娜開始吃起眼前的蛋糕。然後吃完第二塊蛋糕的菲娜向我道謝，打算離開。

嗯？我總覺得好像忘了什麼事，是我多心了嗎？

菲娜走出熊熊屋，幾秒後又馬上走回來。

「優奈姊姊，小刀。我們得去戈德先生那裡拿小刀啦。」

聽菲娜這麼說，我才想起來。看來菲娜也滿腦子都想著蛋糕的事，忘記要去拿小刀了。

我和菲娜出發去拿委託戈德先生製作的肢解用祕銀小刀。

抵達戈德先生的店時，鋼鐵魔偶就站在店門口。

很帥氣呢。

鋼鐵魔偶的手上拿著劍和盾牌。送給人家的東西有擺出來當裝飾，很令人高興呢。

「我待在艾蕾羅拉大人家裡的時候，優奈姊姊是在跟這種魔偶戰鬥吧？」

「是啊。」

「幸好優奈姊姊有平安回來。」

菲娜擔心我的心意讓我很高興。

「謝謝妳。」

我看著鋼鐵魔偶，和菲娜一起走進店內。

「我等妳們很久了喔。」

今天顧店的人不是戈德先生，而是跟平常一樣，是妮爾特小姐。

「小刀做好了嗎？」

「當然做好了。我家老闆只有工作方面是一流的。」

妮爾特小姐這麼說著，把用布包著的小刀交給我們。收下小刀的人不是我，而是菲娜。

菲娜打開布，拿出漂亮的小刀。雖然不像艾蕾羅拉小姐給我的小刀一樣有裝飾，卻是一把非常漂亮的簡樸小刀。

菲娜慢慢從刀鞘中拔出小刀。

「怎麼樣？」

菲娜用小巧的手握住小刀，注視著刀尖。

「拿起來很順手，而且很漂亮。」

菲娜時而從各種角度看著小刀，時而拿到照進室內的窗邊光線下看著，露出高興的笑容。

菲娜……妳看起來有點危險。

「優奈姊姊，那個，謝謝妳。」

菲娜對我露出滿臉的笑容。既然她這麼高興，我這個禮物也算是送得值得了。

「菲娜要努力幫我肢解喔。」

「嗯，我會努力肢解的。」

菲娜把小刀收回刀鞘裡，再慎重地放進道具袋。

「妮爾特小姐，謝謝你們做出這麼漂亮的小刀。」

「我等一下會轉達我老公的。如果刀子變鈍了，隨時都可以拿回來保養喔。」

因為保養的費用也包含在鋼鐵魔偶的費用內，所以是免費。不過由於妮爾特小姐的好意，菲娜的小刀本來就可以免費保養。

由於堤露米娜小姐開始工作，有了根茲先生這個新爸爸，經濟上變得比較寬裕，所以菲娜似乎原本想要付錢，卻被他們拒絕了。真是一對善良的矮人夫婦。

「那麼，三天後再來拿另一把小刀吧。」

「我不急，你們慢慢來就好。」

「沒關係啦。不讓戈德工作的話，他就會偷懶。」

「那就請他適度地趕工吧。」

我們向妮爾特小姐道謝，離開店內。

好了，回去吃剩下的蛋糕吧。

咦，肢解黑虎？那種事以後再做就好了。

166 熊熊肢解黑虎

取得祕銀小刀的隔天，我請菲娜早上來肢解黑虎。

我把黑虎拿出來放在大桌子上。黑虎是包裹著漆黑毛皮的魔物，野狼自是不提，甚至是虎狼都還要大。

菲娜取出戈德先生鑄造的祕銀小刀，深呼吸後緩緩用小刀切開黑虎。或許該說不愧是祕銀小刀，輕鬆地劃開了用鐵製小刀切不開的黑虎毛皮。不過，如果要問能不能用祕銀小刀輕鬆砍傷活著的黑虎，答案是不行。活著的魔物和死亡的魔物硬度不同。活著的魔物可以靠魔石的力量增加皮膚的硬度。爪子和獠牙等部位也可以用魔力變得更銳利、更堅硬、更強大。

菲娜用熟練的手法肢解黑虎。菲娜的肢解技術很高超，就算由我來使用祕銀小刀，我也絕對辦不到同樣的事。

「妳的肢解技術還是一樣好呢。」

「因為爸爸有教我。」

「那麼，小刀用起來如何？」

「是，用起來很棒。我可以切到想切的地方。明明沒有用到多少力氣卻切得開。優奈姊姊，我真的可以收下祕銀小刀嗎？」

「可以啊。因為妳平常幫了我很多忙，就當作是我的感謝之意，收下吧。」

「嗚嗚，是我老是受優奈姊姊的照顧才對。優奈姊姊總是會幫助我。」

明明就沒有那回事。我剛來到異世界一無所知時，遇到了菲娜。要是沒有遇到菲娜，我肯定不知道該如何是好。

我輕輕把熊熊玩偶手套放在菲娜的頭上。

「優奈姊姊？」

「謝謝妳喔。」

「……？」

菲娜不解地歪起頭。

為了不要妨礙到菲娜，我移動到屋內的角落。菲娜努力活動嬌小的身體，進行肢解。她伸長短小的手臂，還是搆不到的話就挺出整個嬌小身軀。

「呼～」

菲娜吐出一口氣。

「休息一下沒關係喔。」

「我沒問題……啊，對了。」

菲娜像是想起了什麼似的，轉頭看著我。

「優奈姊姊，妳今天下午有空嗎？」

「今天下午？我沒什麼事，怎麼了？」

我今天沒有打算到店裡露臉或是去工作。要說的話，頂多就是跟熊緩和熊急睡午覺。

「媽媽說如果優奈姊姊有空，想跟妳見一面。」

「堤露米娜小姐想見我？」

為什麼呢？

「呃，我想應該跟昨天吃的蛋糕有關係。媽媽也說想要為祕銀小刀的事情道謝。」

「祕銀小刀的事情我可以理解，但是蛋糕？」

我沒有跟堤露米娜小姐商量過，就把價格高昂的物品送給了菲娜。關於這件事，人家有話想說也沒辦法，可是蛋糕？該不會是還想吃吧？

後來，黑虎的肢解作業順利結束，我取得了黑虎的毛皮。為了答謝菲娜，我把黑虎的肉送給她。

據說黑虎的肉是高級食材。也對，畢竟不是能常常遇見的魔物。菲娜拒絕了，但我硬是要她收下。

下次也帶一些到安絲那裡，請她做成料理好了。

完成肢解的菲娜去叫堤露米娜小姐。她說中午過後會回來，所以我決定先吃過午餐再等人來。

然後，吃完午餐的我和小熊化的熊緩和熊急悠閒地休息時，堤露米娜小姐來了。堤露米娜小姐的身邊還有菲娜與修莉，我請她們三個人進屋。

「優奈，我想先問妳關於我女兒拿的那把小刀。」

「小刀是指祕銀小刀嗎？」

「優奈，妳知道祕銀小刀要多少錢嗎？」

母女都對我說了同樣的話。這種時候就算說祕銀是我自備的，沒有花到錢，應該也沒有用吧。

「這跟價錢沒有關係啦。這次是因為我拜託菲娜肢解的魔物一定要用到祕銀小刀，所以有那個必要。」

「肢解需要祕銀小刀？妳到底是叫她肢解什麼？」

「呃，是黑虎。」

「…………」

堤露米娜小姐的表情僵住了。

「我剛才給了菲娜一些黑虎的肉，請拿去吃。」

「……唉，優奈還是一樣打倒了不得了的魔物呢。我聽說妳打倒了虎狼和黑蝰蛇時也很驚訝，沒想到這次是黑虎。可是，妳也可以不要拜託我女兒，交給冒險者公會就好了吧。」

那樣一來，我打倒黑虎的事情就會傳開。我這麼一說——

堤露米娜小姐再度嘆了口氣。

「而且，菲娜是我專屬的肢解專家，所以準備肢解用的小刀也是我的責任。」

根茲先生曾拜託我把肢解的工作委託給菲娜。菲娜答應了我，我也沒有解除專屬契約。所以，我一定要把肢解工作委託給菲娜。

「給菲娜祕銀小刀的事情我懂了，那為什麼做了修莉用的小刀？」

「還沒有做好啦。」

目前戈德先生正在製作，所以還沒做好。而且修莉的小刀是借她的，而不是送給她。

我拚了命說明。

嗚嗚，好累喔。

「還有另外一件事。優奈，昨天的那個點心是什麼？味道非常棒，難道那也是要拿到店裡賣的點心嗎？」

才在想祕銀小刀的話題結束了，下一個問題就來了。

「那只是我自己想吃才做的。」

「妳說自己想吃，那妳是從哪裡學會那種食物的做法的？」

我不能說是「從原本的世界」。

「可是，妳不拿到店裡賣嗎？我還以為是要販售，才會拿來給我吃。」

看來堤露米娜小姐是以為我要把草莓蛋糕拿到店裡賣，所以才想跟我討論材料和價格等等的問題。

「要賣也是可以，不過要請誰來做也是個問題。」

「請莫琳小姐她們做不行嗎？」

「她們現在光是做麵包就忙不過來了吧？」

店裡總是門庭若市。不只是莫琳小姐做的麵包，熊熊麵包也出乎意料地受歡迎。米露等孩子們都很努力幫忙，但總是非常忙碌。所以，我覺得大家沒有餘力做蛋糕。

「做法很困難嗎？」

「嗯～習慣了就還好，可是做起來很花時間。」

如果要拿到店裡販售，就要大量製作才行。只做一個蛋糕當然不夠賣。

「可是，我覺得不拿來賣就太可惜了。不管怎麼樣，先請莫琳小姐和卡琳小姐試吃看看再討論也行吧。」

由於堤露米娜小姐堅持，我們決定請莫琳小姐和卡琳小姐試吃蛋糕。

「那我會跟莫琳小姐說一聲。試吃就約在下個休假日好嗎？」

我表示沒問題。試吃會也會邀請在店裡工作的孩子們參加，這下子要做多一點了。

和堤露米娜小姐討論完後，修莉輕輕拉了我的熊熊服裝。

「優奈姊姊。」

「怎麼了？」

「我想吃。」

「蛋糕？」

「嗯。」

昨天做的蛋糕還有剩。我拿出蛋糕招待母女三人。

「吃吧。」

修莉開心地吃起蛋糕。

「對了，優奈，為什麼昨天的蛋糕只有兩塊？根茲還為此鬧了彆扭呢。」

「……根茲先生？」

這麼一說我才想起來——我完全忘了根茲先生。因為蛋糕給我的印象，腦袋裡就只想到女性，所以忘了準備給根茲先生的蛋糕。菲娜應該提醒我一下的。

「呃，我也忘記了。」

菲娜小聲地回答。嗚嗚，連自己的女兒都忘了自己，我開始同情根茲先生了。

「總之，我把自己的份分了一半給根茲。他吃得很開心喔。」

大叔吃蛋糕……

不行不行，不可以用外表來評斷一個人。就算是大叔也會吃蛋糕，我也常常因為外表而吃苦頭，所以人家要吃什麼或穿什麼，應該是對方的自由。

不過，既然根茲先生吃得很開心，或許也能考慮製作甜度比較低，主打男性客群的蛋糕。那樣一來，或許也會需要找根茲先生以外的男性來試吃。說到我認識的男性，大概只有克里夫和冒險者公會的會長，還有基爾跟矮人的戈德先生吧？對了，現在還有布里茨在吧？

總之先找克里夫來好了。要是沒找諾雅來，她以後應該會發脾氣。

「話說回來，這個還真好吃。我昨天就這麼想了，不管有多少我都吃得下呢。」

「嗯，好好吃。」

堤露米娜小姐和修莉也大讚美味，母女三人津津有味地吃著。

堤露米娜小姐該不會是為了讓自己可以隨時吃到蛋糕，才提議我拿去店裡賣的吧？

167 熊熊舉辦蛋糕試吃會 其一

今天是舉辦試吃會的日子，也是「熊熊的休憩小店」的公休日。

我走出家門，就看到眼前站著一個人。沒錯，站著一個人。有個揹著背包的女孩正在看熊熊屋。我覺得這女孩看起來很眼熟。

「原來妳真的住在這裡啊。」

「誰？」

我的腦海一角隱約記得這女孩的臉。感覺好像在哪裡見過她，卻想不起來。

「難道妳不記得我了？我是在王都，在莫琳姑姑的店門口遇到妳的涅琳。」

咚！

我想起來了，她是莫琳小姐的親戚。原來她已經抵達克里莫尼亞了。後來發生了很多事，我完全忘記要跟莫琳小姐說這件事了。

「可是，為什麼妳會在我家前面？」

「我在旅館提到打扮成熊的女孩子，就聽說妳住在這附近。結果我看到一間長得像熊的房子……上次很謝謝妳。我一定會好好工作，把錢還給妳的。」

意思是會到我的店裡工作嗎？

「妳剛到嗎？」

我這麼問後，她說自己是昨天抵達克里莫尼亞的。她在旅館住了一晚，現在要去找莫琳小姐的店，順道來看我的家。

「所以妳現在要去找莫琳小姐吧。我幫妳帶路。」

「可以嗎？」

「我正好也要過去，沒問題的。」

「謝謝妳。」

我帶著涅琳前往店面。

「我記得妳叫優奈吧。妳平常都打扮成這個樣子嗎？在王都見到妳的時候，妳也是同樣的打扮。」

好久沒有人這麼直接地問我了。也是啦，一般人都會想問。

「我對這身打扮無可奉告。」

「…………」

涅琳聽到我的回答，一瞬間閉上嘴巴，但馬上開啟下一個話題。

「話說回來，妳也回到克里莫尼亞城了呢。我也為了盡量早點抵達，趕著搭上了開往克里莫尼亞的馬車。」

「因為我不是搭馬車啊。」

「優奈，妳會騎馬嗎？」

「這個嘛，類似吧？」

我會騎熊，但這次是使用熊熊傳送門。如果涅琳要在莫琳小姐那裡工作，應該會聽說關於熊緩和熊急的事。到時候她應該就能自行解讀了。

我跟涅琳聊著聊著，漸漸開始看到了店面。

「那裡就是莫琳小姐的店，她和女兒就住在二樓。」

「咦，這裡嗎？好大……而且還有熊？」

因為這間店面原本是一間宅邸，所以偏大。店門口前有拿著麵包的大型熊熊石像站著。招牌上也有熊，二樓也看得到熊。

「我們進去吧。」

我對站著觀看的涅琳說道，走進店裡。

「請、請等一下。」

一走進店裡，在店裡工作的孩子們看向我們。

「優奈姊姊，早安。」

「早安。莫琳小姐和卡琳小姐在嗎？」

「嗯，在喔。」

孩子們回答後，去叫莫琳小姐過來。莫琳小姐和卡琳小姐馬上就來了。

「優奈，早安。」

「莫琳小姐、卡琳小姐，有妳們的客人喔。」

「客人？」

「莫琳姑姑、卡琳表姊，好久不見。」

「涅琳？」

「是涅琳。」

莫琳小姐和卡琳小姐看到涅琳都很驚訝。

「莫琳姑姑，妳要搬家也說一聲嘛。我到了王都才發現店關了，還聽說妳們被一群男人襲擊，我擔心得不得了。要不是在王都遇到優奈，我都不知道會怎麼樣。」

涅琳稍微噘起嘴巴抱怨。

「我有跟哥哥聯絡過喔。」

「跟爸爸聯絡？我怎麼沒有聽說？」

「那就是哥哥忘記了。我有確實寫信告訴他，我的丈夫去世了，而我要去克里莫尼亞開一家新的店，要他別擔心。」

「嗚嗚，爸爸！」

涅琳大叫。

後來，我們說明涅琳為什麼會跟我在一起。

「在王都……優奈，謝謝妳喔。我會幫她付馬車錢的。」

「莫琳姑姑，我會好好自己工作還錢的，所以請讓我在這家店工作。」

「如果妳想在這家店工作，就要好好拜託優奈才行喔。」

「拜託優奈？」

涅琳看著我歪起頭。

「因為這家店是優奈的店啊。」

「姑且算是啦。」

「優奈，這孩子是我哥哥的女兒涅琳。她以前就說想在我家的店工作，我老公答應她，如果她到15歲還是沒有改變心意，就讓她來工作。我也想讓她在店裡工作，可以嗎？」

既然是莫琳小姐的親戚就沒有問題。當然了，要是有問題，我會辭退她。

「是可以。不過要是她偷懶或欺負孩子們，就算她是莫琳小姐的親戚，我也會辭退她。如果她可以接受就行。」

工作能力不好也是一個問題，但是如果她沒有幹勁或是欺負孩子們，我會馬上辭退她。

「要是她做出那種事，我會踢她的屁股，把她趕出去。而且不會再讓她接近這家店。」

「我才不會做那種事呢！」

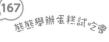

涅琳大叫。

後來，莫琳小姐向孩子們介紹涅琳。

「那個，我是涅琳。以後我會跟大家一起工作，請多指教。」

「妳是卡琳姊姊的妹妹嗎？」

「嗯～有點不一樣，可是就跟妹妹差不多吧。」

孩子們也開始自我介紹。看來孩子們也願意接納她。

「話說回來，不只是店外，店裡也有很多熊呢。這也是優奈的喜好嗎？」

竟然被說成喜好。才不是，這不是我的喜好啦。我的裝扮都是神的錯，店裡是依大家的期望才變成這樣啦。

「原來優奈是因為喜歡才打扮成熊的樣子啊。第一次看到的時候，我還想說妳在別人面前不會不好意思嗎，不過這樣非常可愛呢。」

「呵呵，呵呵，既然涅琳覺得打扮成熊很可愛，那就一定要穿穿看熊熊制服了。」

我露出笑容，半開玩笑地這麼說。

「熊熊制服？」

因為今天不用工作，孩子們都穿著普通的服裝。

「米露，妳去把制服換上。」

我這麼拜託米露，她就回答「是」，跑去換成熊熊外套了。

「卡琳表姊，熊熊制服是什麼？」

卡琳小姐為了不要受波及，開始逃避。過了一陣子，穿著熊熊外套的米露回來了。

「我不知道喔。」

「是、是熊耶，好可愛。要穿著這個工作嗎？」

她看起來好像很開心，是我的錯覺嗎？涅琳看著米露的熊熊外套。

「上面還有耳朵和尾巴呢。嗯，我知道了。我會乖乖穿著它工作的。」

「…………」

我只是開玩笑，涅琳卻當真了。卡琳小姐也啞口無言。

「對了，我聽說今天店裡休假。是有什麼事嗎？」

什麼都不知道的涅琳這麼問。這麼說來，我還沒跟她說明呢。

「今天要舉辦我做的點心試吃會。可以的話，涅琳也來參加，幫忙提供意見吧。」

「點心是優奈做的嗎？我最喜歡吃點心了，真令人期待。」

光是聽到點心，涅琳就露出高興的神情。

「還有其他人會來試吃，要稍微等一下喔。」

另外還有提露米娜小姐、菲娜跟修莉要來。

後來沒有過多久，提露米娜小姐她們就來了。可是，其中包括了不請自來的人。

「為什麼米蕾奴小姐會來？」

「什麼為什麼。當然是因為聽堤露米娜小姐說可以吃優奈新做的點心啦。」

她這麼斷言也讓我很困擾。

「米蕾奴小姐，妳的工作沒問題嗎？」

因為通往密利拉鎮的隧道開通，商業公會應該很忙碌。

「因為某人的關係，當然很忙了。」

這個人還說得這麼乾脆。

「要不然我把洞堵起來吧？」

「優奈真壞。要是那麼做，反而會造成大麻煩喔。」

看來她是在百忙之中特別過來的。

米蕾奴小姐的工作能力強，也是個好人。真要說的話，我對她有好感。可是，她同時也是會帶來麻煩的類型。她喜歡插手管好玩的事情，享受其中樂趣。雖然在一旁看戲很有趣，但我希望她不要把我牽扯進去。

我重新介紹涅琳，開始試吃會。

莫琳小姐和卡琳小姐幫忙端盤子和叉子、飲料來。孩子們坐在椅子上，開心地等著。

米蕾奴小姐和堤露米娜小姐、菲娜、修莉坐在同一桌。

我從熊熊箱裡拿出大蛋糕，切成小塊。莫琳小姐和卡琳小姐把蛋糕放在盤子裡，拿給其他人。

所有人的桌子都擺上了蛋糕。

「優奈姊姊，這是什麼？」

「這叫草莓蛋糕，就像是加了水果的鬆餅。」

「優奈，這個白色的東西是什麼？」

「那是這次的主角，鮮奶油。鮮奶油跟草莓或其他水果、海綿蛋糕加在一起很好吃喔。總之，大家吃吃看吧。」

聽到我這麼說，所有人開始吃蛋糕。

「好軟喔。」

「真好吃。」

「草莓很好吃，這個奶油也又甜又好吃呢。」

周圍的餐桌上陸續傳來這些感言。沒有任何人露出覺得難吃的表情。

「優奈，這、這種食物是什麼？」

米蕾奴小姐拿著叉子的手正在顫抖。可是，她還是不斷地吃著蛋糕。

「我就說了，是草莓蛋糕啦。只要替換裡面的水果，就可以做出不同季節的蛋糕了。雖然我喜歡草莓。」

為了可以隨時吃到，下次去大量採購草莓好了。那樣就能隨時享用草莓了。謝謝你，熊熊箱大人。

「吃到布丁和披薩的時候我就這麼想了，比起冒險者，優奈或許更適合當廚師。」

不，以我的性格來說，我不適合當廚師。我怕麻煩，又懶惰。只要可以，我就會選擇輕鬆度日。我這種人是不可能每天做料理的。

「我覺得當冒險者比較輕鬆。」

「也只有優奈會覺得當冒險者，跟魔物戰鬥或做危險的事很輕鬆了。而且，沒有冒險者會像優奈一樣既強又可愛，又奇怪，還會做布丁和這種好吃的東西。」

這個嘛，因為我有熊熊外掛和知識外掛啊。

「是啊。多虧優奈，麵包的種類也更多了。優奈的創意真的很厲害。」

連莫琳小姐都開始誇獎我。那些絕對不是我的創意，我只是把原本世界有的麵包告訴她而已，那些都不是我的點子。

「對了，優奈。我聽堤露米娜小姐說要在店裡賣這種點心。」

「那就要看莫琳小姐了。我是希望拿到店裡賣，但又不想佔用到做麵包的時間。」

基本上麵包是莫琳小姐和卡琳小姐製作，孩子們會從旁協助她們。要在開門前做麵包和蛋糕，我想應該會很辛苦。

「也對。要是不做做看，也不知道做這種蛋糕要花多少時間。請卡琳和孩子們幫忙的話，或許有辦法應付，但負擔一定會增加。」

果然如此。如果會造成莫琳小姐她們的負擔，不做也沒關係。沒有必要為了做蛋糕而趕時間。要是莫琳小姐或孩子們過勞倒下，那更糟糕。

說到底，都是因為我說「想吃那種麵包、想吃這種麵包」，拜託莫琳小姐製作各種麵包，而且麵包又變成商品，種類才會愈來愈多，讓大家變得那麼忙。

我正在思考該怎麼辦時，涅琳舉起了手。

168 熊熊舉辦蛋糕試吃會 其二

「既然這樣，請讓我來做蛋糕。」

涅琳舉起手這麼說。

「涅琳？」

「我第一次吃到這麼好吃的東西。如果莫琳姑姑和卡琳表姊沒有時間做，請讓我來做。」

涅琳用認真的表情看著莫琳小姐和我。

「可是，妳不是為了學做麵包才來莫琳小姐的店裡工作的嗎？」

「我當然也會學做麵包。可是，這個蛋糕也非常好吃。如果莫琳姑姑沒空，卡琳表姊也忙不過來的話，我來做蛋糕。我想要幫上這家店的忙。我今天才剛來，大家當然會覺得我這麼說很厚臉皮。但我在家裡也有做過麵包，只要告訴我做法，我想我應該做得到。」

「莫琳小姐。」

我望向莫琳小姐。莫琳小姐的臉上浮現有些傷腦筋，又有些高興的表情。

「我和卡琳都很忙，沒辦法幫妳喔。」

「是！」

「難吃的東西可不能拿出來賣喔。」

「是！我會努力學習的。」

莫琳小姐露出高興的表情看向我。

「優奈，我也要拜託妳。希望妳可以讓涅琳負責做蛋糕。如果涅琳願意做，我和卡琳也可以專心做麵包。更重要的是，這麼好吃的東西不拿到店裡賣就太浪費了。」

「我也會幫忙的。」

「我也是。」

孩子們也舉起手。涅琳開心地看著孩子們。我也沒有問題。

「那麼，蛋糕就交給涅琳來做。」

「真的嗎！優奈，謝謝妳。我會努力的。」

涅琳高興地抱住我。

「那麼，如果需要商業公會幫忙就告訴我吧。」

「為了能隨時開賣，我會先調查好材料價格。之後告訴我需要的材料吧。」

米蕾奴小姐和堤露米娜小姐分別說道。我有很多事情要請她們兩個人做，坦率地接受了她們的好意。

「話說回來，這還真好吃。不管有幾塊，我都吃得下。」

我應該做了很多的蛋糕全都被吃個精光。不只是孩子們，連米蕾奴小姐、堤露米娜小姐都吃了好幾塊蛋糕。

「可是，吃太多的話會胖喔。」

我這麼說的瞬間，世界出現了裂痕。

好像四處傳來彷彿玻璃碎裂的聲音。我往那個方向看過去，成年女性們拿著叉子的手都停了下來。相反地，孩子們一點也不在意，露出天使般的笑容津津有味地吃著蛋糕。氣氛很兩極。

「優奈，吃這個會胖嗎？」

米蕾奴小姐問。

「吃太多的話會胖喔。會變得胖嘟嘟的，例如腹部周圍。」

「開玩笑的吧？」

她用抽搐的笑容問我。

「妳覺得我在開玩笑嗎？」

「………」

米蕾奴小姐吞了一口口水。

吃甜食會發胖本來就是常識。

「不過，不要吃太多就沒事了。」

「說得也是。」

米蕾奴小姐用叉子扠起蛋糕，送進嘴裡。

「可是，我覺得吃六塊太多了。」

「優奈～」

米蕾奴小姐的吶喊在店內迴盪。正常來講，六塊是吃太多了。

「優奈，三塊應該還可以吧。」

「這個嘛，不要每天吃就還好。」

卡琳小姐感到安心。我個人覺得三塊也很多，但不要每天吃應該還可以。

「修莉，來，嘴巴張開。」

堤露米娜小姐把盤子裡的蛋糕拿給修莉吃。對堤露米娜小姐來說，胖這個字似乎也是禁句。

「堤露米娜小姐又不胖，沒關係啦。」

她直到幾個月前都臥病在床，也沒吃什麼東西，身材算很瘦的了。就算最近食量比較大，她也沒有變胖多少。

「優奈，年輕的時候還好，上了年紀就不能大意喔。會在不知不覺中發胖喔。」

她用語重心長的認真表情說。可是，我覺得小孩過胖也不行，任何事情都是適度最好。

「而且要是肚子變得跟優奈一樣，那就糟糕了吧。」

堤露米娜小姐的目光轉向我的布偶裝肚子。可以不要說得好像我有大肚腩嗎？我沒有大肚腩喔。只是因為穿著布偶裝，看起來鼓鼓的而已。真的啦。

菲娜在一旁說：「媽媽不胖，所以沒關係啦。」，安慰自己的母親。

「菲娜，謝謝妳。」

堤露米娜小姐開心地抱住菲娜。雖然場面溫馨，卻有種不太對勁的感覺。

蛋糕試吃會在好評之下結束。除了我說「會胖」的發言以外，沒有發生騷動。以後或許會需要甜度較低的蛋糕或低熱量的蛋糕吧？

涅琳會到我的店裡工作，而且負責做蛋糕。她的住處是店面的二樓。

「我可以住這麼大的房間嗎？其實我住閣樓也可以。」

因為這裡原本是一棟宅邸，所以房間很寬敞。二樓只有莫琳小姐和卡琳小姐在用。另外，我把一樓的更衣室移動到二樓了。雖然說是更衣室，也只有讓孩子們換上熊熊外套而已。順帶一提，這裡有閣樓。可是因為還有房間，所以沒有拿來當作倉庫使用。

「我明明還沒有開始工作，這樣好嗎？」

「妳要努力工作，我才會發薪水喔。」

我把薪水的事情交給堤露米娜小姐和莫琳小姐決定，好像要看涅琳的工作績效來決定。涅琳也說只要有地方住、有飯可吃就沒有問題。總而言之，要快點讓涅琳學會怎麼做蛋糕才行。

我們從下午就馬上開始練習做蛋糕。做好的蛋糕要拿到孤兒院。因為孤兒院有30個人，不會浪費做好的蛋糕。

涅琳不愧是以麵包師傅為目標，來到莫琳小姐店面的人，做蛋糕的手腳也很俐落。

「我從以前開始就很喜歡做點心。」

很女孩子氣的興趣呢。跟成天玩遊戲的我不一樣，這就是會有異性緣的女孩吧。我跟她比起來簡直是天差地遠。

可是，一旁的莫琳小姐和卡琳小姐做得比涅琳更好。

莫琳小姐不只是做麵包，做蛋糕的手藝也很好。或許是天分不錯，她以專業師傅的架式輕鬆地做著蛋糕。動作很迅速，手法也很俐落。要把鮮奶油塗得漂亮明明就很困難，她卻只做了幾個就抓到訣竅，現在的水準要拿到店裡賣也沒有問題。她做的蛋糕已經比我做的還漂亮，也更好吃。卡琳小姐也做得很好。聽說莫琳小姐的老公比莫琳小姐更會做麵包。真想見她老公一面。

雖然我覺得涅琳也非常有才能，但和她們母女倆比起來還是差了一點。

「為什麼莫琳姑姑和卡琳表姊也要一起做蛋糕？請不要搶走我的工作啦。」

「因為蛋糕和鬆餅很類似，應該也能應用在麵包上。這樣可以幫助我構思新的麵包。」

「嗚嗚。那卡琳表姊呢？」

「當然是為了學習嘍。」

「好了，如果沒有好好學起來，這份工作就不能交給妳喔。」

「嗚嗚……」

「是妳自己說要做的。要是做不好，我會把妳送回哥哥那裡喔。」

涅琳默默地重新開始製作蛋糕。

孩子們在一旁用打蛋器攪拌蛋液，他們正在做明天要賣的布丁。

「小朋友，那是什麼東西？」

「這是用來攪拌蛋的道具，是優奈姊姊做給我們的。」

因為要每天把蛋拌勻很辛苦，所以我請戈德先生做了這個。握把的部分鑲嵌了魔石，接觸魔石就可以讓前端的打蛋器旋轉。有了它就可以輕鬆攪拌蛋液等食材。

「優奈做的？借我看一下。」

涅琳跟孩子們借來打蛋器，開始攪拌蛋液。

「喔喔，攪拌起來很容易呢。」

涅琳就像個興奮的孩子，開心地攪拌蛋液。

「好厲害。優奈，我也想用這個工具。」

「拿去用沒關係，不過妳要好好做喔。」

接下來的每一天，涅琳開始了做蛋糕的特訓。上午幫忙做麵包和接待客人，趁著下午的空檔練習做蛋糕。涅琳做蛋糕的手藝也愈來愈好了。照這樣看來，應該近期就可以開賣了。涅琳的工作態度相當認真。

涅琳跟孩子們一樣穿著熊熊外套。知道涅琳要穿熊熊外套之後，米蕾奴小姐準備了一套給她。可能是因為穿著同樣的制服工作，孩子們跟涅琳也很親近。

「卡琳表姊不穿嗎？」

「我會不好意思，不想穿。」

這句話傳進我耳裡。這種打扮果然很讓人不好意思嗎？

我下次得找時間跟卡琳小姐好好談談。

169 熊熊帶蛋糕送給諾雅

我帶著和涅琳一起做的蛋糕前往諾雅的家。

因為練習過頭，做了太多蛋糕。讓孩子們每天吃也不太好，所以我把多的蛋糕放進熊熊箱裡保存。

我決定以試吃的名義請諾雅幫忙消耗庫存。而且，如果她在店裡開始販售後才知道蛋糕的事，可能又會向我抱怨。

上次，熊熊麵包在店裡開賣的時候，她也生氣地對我說「為什麼不早點告訴我！」。熊熊麵包的事情連我也不知道，反而是我希望有人能知會我一聲。

我來到諾雅家的宅邸，身為女僕的菈菈小姐就前來迎接。

「優奈大人，您今天怎麼會來？」

「我帶了好吃的點心來，諾雅在嗎？」

菈菈小姐說諾雅在房間裡，於是我請她帶我到諾雅的房間。

「諾雅兒大人，優奈大人帶美味的點心來拜訪了。」

我走進房間，看到諾雅坐在椅子上看書。

「優奈小姐？」

「我帶點心來嘍。妳現在正在讀書嗎？」

「真、真的嗎！沒關係，差不多要到休息時間了。」

諾雅闔起正在閱讀的書，開心地來到我身邊。看到諾雅這個樣子，菈菈小姐露出「真拿妳沒辦法」的表情。

「菈菈小姐如果有空，要不要也一起吃呢？」

因為庫存量很多，我想盡量多消耗一點。

「我也可以吃嗎？」

「其實我打算在店裡推出這種點心，所以也想聽聽菈菈小姐的感想。」

「我明白了。那麼我會準備一壺好茶，與兩位同席。」

菈菈小姐為了泡茶而離開房間。

「那麼優奈小姐，妳說的點心是哪種點心呢？是像布丁一樣好吃的東西嗎？」

諾雅雙眼發亮地問。

「要形容的話，應該是類似鬆餅的點心吧？雖然跟布丁不太一樣，可是很好吃喔。」

「我好期待。」

等待菈菈小姐的期間，我應諾雅的要求，召喚出熊緩和熊急。諾雅開心地和熊緩與熊急一起

玩耍。

「熊緩和熊急還是一樣可愛。」

諾雅正在跟熊緩和熊急一起玩時，菈菈小姐端著茶回來了。我也開始準備蛋糕。我從熊熊箱裡取出一整個草莓蛋糕，接著把蛋糕切塊，放到盤子上。菈菈小姐則在一旁泡茶。

「優奈小姐，這是什麼？」

「是類似鬆餅的點心吧？」

桌上擺好了三塊蛋糕，旁邊各放著一杯菈菈小姐泡的紅茶。

「鬆餅裡面還夾著草莓呢。」

「因為是草莓蛋糕嘛。放其他的水果也很好吃喔。」

我說完，兩人就拿起叉子，把蛋糕切成一口的大小，送進嘴裡。吃到蛋糕的瞬間，兩人的表情都變了。

「好好吃。」

「真的很好吃。口感非常柔軟，又甜又美味。甜味是來自這種白色的東西嗎？放進嘴裡的瞬間，甜味就在嘴裡擴散開來，和草莓的酸味非常契合。」

菈菈小姐用精確的形容來評價蛋糕。諾雅也吃得津津有味。

「店裡要推出這種點心嗎？」

「有這個打算。可以的話去買來吃吧。」

「好，我一定會去。」

「要好好把書讀完才行喔。」

「嗚嗚。」

菈菈小姐的話讓諾雅鼓起臉頰，但仍繼續吃著蛋糕。

「這種點心的確很好吃，可是因為是甜食，會讓人想要喝些飲料呢。」

諾雅喝了一口紅茶。牛奶或果汁也不錯，但還是菈菈小姐泡的紅茶比較搭。

「這種紅茶也不錯，不過這種點心偏甜，或許再泡濃一點也沒關係。」

菈菈小姐喝著紅茶，說出這段感想。也對，我贊同菈菈小姐的意見。

「會嗎？我覺得配甜甜的紅茶也很好。」

諾雅在紅茶裡加入稍多的砂糖。

「諾雅兒大人還是小孩子，所以味覺跟成人不同。」

「嗚嗚，才沒有那回事。就算是苦苦的紅茶，我也敢喝。」

諾雅一口氣喝光紅茶，向菈菈小姐再要一杯。菈菈小姐帶著微笑沖泡新的紅茶。

話說回來，雖然我在蛋糕方面作了各種嘗試，卻沒有考慮到適合搭配蛋糕的飲料。牛奶或果汁當然也很好，但我覺得紅茶比較適合大人。

可是，我店裡的菜單上沒有紅茶。因為是以麵包為主，飲料只有牛奶和果汁。

如果這裡跟原來的世界一樣有紅茶茶包就輕鬆了，但實在找不到類似的東西。

「菈菈小姐，這種紅茶很貴嗎？」

我問起自己現在喝的紅茶。如果價格太高，根本沒辦法拿到店裡販售。

「是的，這是最高等級的紅茶。而且是克里夫大人很中意的紅茶。」

「開玩笑的吧？」

用這麼高級的紅茶招待我？

「呵呵，天曉得。」

菈菈小姐微笑帶過。從她的表情看不出來是真是假。

「呃~那我買得起嗎？我想要拿到店裡賣，所以不是高級品比較好。」

「便宜的紅茶品質不好，泡起來不好喝喔。」

「這個嘛，那就只能試喝看看了。」

我的店不走高消費路線，所以需要一定程度的妥協。老是往上看也沒完沒了。

「可是優奈大人，您知道要怎麼泡紅茶嗎？」

我知道不是只要放茶葉再注入熱水就好。不過，我在這方面沒有詳細的知識。

「不行只放入茶葉後加熱水吧？」

「優奈大人，那是在褻瀆紅茶。那麼簡單的步驟不可能泡出美味的紅茶。茶葉的量要以喝茶的人數來決定，也要注意溫度的管理才行。」

菈菈小姐開始一臉認真地講解紅茶的沖泡方式。嗯～要泡出好喝的紅茶似乎不是一件簡單的事。就算買了茶葉，要在店裡販售可能也很難。

「優奈大人，您有在聽嗎？泡紅茶也需要相應的技術，隨便亂泡的紅茶不會好喝。」

看來菈菈小姐對泡茶這件事非常講究。我看看諾雅，她對這種情況好像已經習以為常，只是自顧自地吃蛋糕喝茶。

如此這般，我們吃著蛋糕閒聊時，克里夫來到諾雅的房間。

「父親大人？」

菈菈小姐一看到克里夫，馬上站起來低頭行禮。

「是我拜託菈菈小姐試吃的，不要罵她。」

「我才不會因為這種小事就生氣，管家倫多就不一定了。對了，妳們在吃什麼？」

克里夫看著桌上的蛋糕問。

「這是預定要在店裡推出的點心。」

「好吃嗎？」

「很甜又非常好吃喔。」

「是的，美味的程度不輸給先前的布丁。」

諾雅和菈菈小姐回答。克里夫則一直盯著剩下的蛋糕。

「你不排斥甜食的話，要吃嗎？」

「嗯，我不客氣了。」

菈菈小姐替坐到椅子上的克里夫準備紅茶。

她的動作真漂亮。雖然我是個外行人，還是看得出她泡紅茶的動作很俐落。

「真好吃。」

「會太甜嗎？我姑且有考慮下次要做甜度較低的蛋糕。」

「說甜是很甜沒錯，但很好吃。不過，吃這個會想配紅茶呢。」

克里夫喝起菈菈小姐泡的紅茶。

「其實我也想在店裡賣紅茶，可是沖泡的方法好像很困難。所以我有件事想拜託你。」

「什麼事？」

我望向菈菈小姐。如果要在店裡推出紅茶，我希望是好喝的紅茶。

「我想請菈菈小姐教我怎麼泡紅茶。」

「我嗎？」

「就算是好的紅茶茶葉，泡法不同，味道也會不同吧？所以我在想，能不能請菈菈小姐教我泡紅茶的方法。」

「菈菈嗎？菈菈泡的紅茶的確很好喝。」

「克里夫大人……」

克里夫的話讓菈菈小姐很感動。

「妳跟菈菈討論一下，有時間就沒問題。」

克里夫同意出借菈菈小姐了。

「那麼明天如何呢？我會在明天之前把茶葉和泡茶用具等物品準備好。」

菈菈小姐也會幫忙準備價格親民，要拿到店裡販售的紅茶。

170 熊熊學習泡紅茶

拿奶油蛋糕到諾雅家請諾雅試吃的隔天，我帶著涅琳再度前往諾雅家。

「優奈，我們真的要去領主大人的宅邸學泡紅茶嗎？」

「對啊。妳要好好學會紅茶的泡法喔。」

「可是竟然要去領主大人的宅邸，我好緊張。」

「妳不用那麼緊張啦。要教我們的是在宅邸裡工作的女僕，菈菈小姐。」

「就算這樣，我還是會緊張啦～」

當初提到要在哪裡學習泡紅茶時，考量到泡紅茶的器具和茶葉都在宅邸，而我又是請教的身分，叫人家來店裡也不好意思，於是決定由我們前往宅邸。我再怎麼樣也不能叫涅琳一個人去領主的家，所以我也一起去。

「那個，為什麼我也要去呢？」

跟我們在一起的菲娜問道。

「因為涅琳說不想一個人去。既然這樣，當然要找妳來了。」

我挑選同行的成員時，菲娜雀屏中選。畢竟能帶去領主宅邸的人只有菲娜了。

「而且妳和諾雅是朋友吧？」

「諾雅大人對我很好，可是我可以算是她的朋友嗎？」

「我覺得妳們是朋友啊。如果妳說不是，諾雅會難過的。」

「……是。」

菲娜高興地點點頭。

我們到克里夫的宅邸時，菈菈小姐出來迎接我們。

「恭候多時了。菲娜小姐也在啊。」

「是，今天請多多指教。」

菲娜微微低頭。

「這位是要在店裡做蛋糕的涅琳，她是莫琳小姐的親戚。」

「我、我叫涅琳。今天請多多指教。」

涅琳也模仿菲娜低頭行禮。

「我是在這棟宅邸工作的女僕，名叫菈菈。我才要請各位多多指教。」

菈菈小姐行禮後，涅琳也再次行禮。

「那麼東西都已經準備好了，請跟我來。」

我們跟著菈菈小姐來到廚房。

「我準備了三個種類的茶葉。雖然每一種都很適合搭配優奈大人做的蛋糕，但每一種的泡法稍有不同，請牢牢記住。」

「是、是。」

「不用那麼緊張喔。」

菈菈小姐對涅琳溫柔地微笑。

因為如此，菈菈小姐的紅茶沖泡教學開始了。

她詳細地說明了茶葉的種類、茶葉的量、熱水的溫度、悶的時間等等。涅琳和菲娜很努力地作筆記。

我們馬上開始試喝菈菈小姐示範時泡的紅茶。

「好好喝。」

對喜歡紅茶勝過咖啡的我來說是很棒的味道。

「真的很好喝。」

「那個，我想要一些砂糖。」

「呵呵，請用。」

菈菈小姐替菲娜準備了砂糖。菲娜則在紅茶裡加砂糖後品嚐。

「喝完會想吃甜的點心呢。」

「那要不要吃這些？」

我從熊熊箱裡拿出草莓蛋糕放到桌上，吃蛋糕配紅茶。

「就算是便宜的紅茶也跟蛋糕很搭呢。」

「是，很好喝。」

紅茶的品質似乎沒有問題。

「那麼，請各位按照我的做法，輪流泡泡看吧。」

我本來想讓涅琳先泡，可是她搖搖頭，所以第一個練習的人是我。也好，只要學會了，在家也能喝到美味的紅茶，學起來也沒有壞處。我按照菈菈小姐的做法沖泡紅茶。

「這樣就可以了吧？」

我把茶壺裡的紅茶倒進茶杯。

「對，優奈大人，您做得很好。」

「那請老師試試味道。」

我把裝著紅茶的杯子放在菈菈小姐面前。

「呵呵，我會嚴格評分喔。」

「請手下留情。」

聽到我的請求，菈菈小姐笑了。接著，她緩緩喝起紅茶。

「優奈大人，以第一次來說，味道很不錯。這樣的水準已經達到及格分數了。」

第一次練習似乎及格了。也對，老師都把茶葉的用量和溫度告訴我們了，所以不會有嚴重的失誤。

接下來輪到涅琳和菲娜泡茶。涅琳因為緊張，第一次失敗了，不過第二次就能泡出美味的茶了。

「各位學得真快呢。」

「是因為老師教得好啦。」

菈菈小姐教得很仔細，所以只要照做就能泡出美味的紅茶。這些沖泡方法或許是菈菈小姐經歷長期的研究才到達的境界。

「我想答謝菈菈小姐，請問妳有什麼想要的東西嗎？例如蛋糕吃到飽之類的。」

「那也很吸引人，不過我希望您偶爾陪諾雅兒大人一起玩。」

「這樣就好了嗎？」

「是，雖然每天玩不太好，不過和優奈大人與菲娜小姐在一起的諾雅兒大人很開心。所以拜託您了。」

「收到。」

「是，如果諾雅大人不嫌棄，我也沒問題。」

「拜託兩位了。」

我和菲娜答應了菈菈小姐的請求。

後來，我們一邊喝著練習時泡好的紅茶，一邊吃著蛋糕時，諾雅來到廚房了。

「啊，優奈小姐和菲娜果然來了。而且，還大家一起吃蛋糕。為什麼不叫我！太奸詐了。」

「因為諾雅兒大人要讀書。」

「就算那樣，也不必只排擠我一個人嘛。」

「我們沒有要排擠妳啦。妳也知道我們今天是來學怎麼泡紅茶的吧。」

「嗚嗚，我是知道，可是大家那麼開心地一起吃蛋糕，太奸詐了。」

「那我幫妳泡紅茶，妳想喝嗎？」

「我不要喝很苦的喔。」

後來，諾雅喝了我和菲娜泡的紅茶。涅琳一聽到諾雅是領主的女兒就搖頭拒絕了。

「我不敢幫領主大人的千金泡茶。」

就算在這時拒絕，諾雅也會來店裡，所以遲早都會品嚐到涅琳做的蛋糕和紅茶。不過，我沒有說出口。

雖然途中有諾雅闖入，菈菈小姐的紅茶課程還是圓滿結束了。

接下來要在家裡或店裡練習。因為菈菈小姐幫我們準備了泡紅茶的道具，所以能帶回家練

習。我也已經學會了紅茶的沖泡方法，隨時都可以在家喝到美味的紅茶。要說有什麼問題，頂多就是有點麻煩。如果像泡茶包一樣簡單就好了，但這也沒辦法。

多虧克里夫的介紹和米蕾奴小姐的幫忙，我用便宜的價格買到了店裡要用的紅茶。不愧是領主大人和商業公會的會長，這種時候有掌握權力的朋友真是太好了。

陳列麵包的販售處要擴大，當作蛋糕的販售處。這部分的事情是由米蕾奴小姐和堤露米娜小姐、莫琳小姐討論過後決定的。

日子終於來到蛋糕開賣的當天，有客人來買莫琳小姐的麵包，同時也有客人是專程為蛋糕而來的。從決定好蛋糕開賣日的幾天前，我們有請來買麵包的客人試吃一口大小的蛋糕。嗯，也可以說是要處理掉練習時做的蛋糕。也因為有提供試吃的關係，蛋糕銷售得很順利。

至於紅茶，和蛋糕一起點的話，價格會比單點還要稍微便宜一點，所以有很多客人都會點整組套餐。當然，要點牛奶或果汁也行。

我們還準備了可以當作副餐的鹽味洋芋片。蛋糕和洋芋片——雖然是很強大的組合，但光想就覺得會胖。雖然經營餐廳就是要吸引人家多吃一點，但是不是要做一張警告飲食過量的海報比較好？

算了，等像米蕾奴小姐一樣，一吃就是好幾塊的客人出現時再考慮吧。

堤露米娜小姐根據材料費和製作時間等因素，計算出蛋糕的售價。以金額來說，是普通民眾也足以負擔的價格。可是，價格比一個麵包更高。

畢竟如果不賺錢，那做買賣就沒有意義了。

蛋糕的銷售情況也很好，順利賣光了。總而言之，今天沒有再追加製作更多蛋糕。我打算觀察情況，慢慢增加。這部分的事情要跟涅琳、莫琳小姐、堤露米娜小姐討論過後再決定。

「好累喔～」

涅琳癱在椅子上。

「看到自己做的蛋糕一個一個賣出去的感覺怎麼樣？」

「當然很高興了。看到客人笑著說我做的蛋糕很好吃，我也很開心，明天也有動力繼續努力了。」

「紅茶好像也很受好評呢。」

「供應紅茶好累。因為一有客人點餐就要現泡。」

好喝的紅茶不能事先泡好，所以也沒辦法。

「下次教孩子們怎麼泡就會輕鬆多了。」

「涅琳姐姐，我要學。」

「我也要。」

「嗚嗚，你們都好乖喔。」

涅琳抱住孩子們。我也有同感，孩子們都乖得不得了。

「涅琳和孩子們，要開始準備明天的東西嘍。」

卡琳小姐對正在休息的我們說道。孩子們很有精神地回應卡琳小姐，開始行動。

「年輕真好。」

涅琳看著孩子們精神抖擻地工作，感慨地說。

「妳才15歲吧。」

「看著那些孩子，我就覺得自己好像也上了年紀。」

「這麼說來，我是個老太婆吧？」

「莫琳姑姑！」

聽到這段對話的莫琳小姐似乎是對涅琳的年老發言有了反應，稍微瞪了她一下。

「不，莫琳姑姑很年輕！絕對不是什麼老太婆。」

涅琳用力地左右揮手，拚了命否定。

「如果我年輕，涅琳就更年輕了。」

「這……」

「這麼年輕的涅琳想要讓孩子們工作，自己卻無所事事嗎？」

「我馬上準備明天的東西！」

聽到莫琳小姐的話，涅琳連忙開始做事。

莫琳小姐則帶著溫暖的眼神看著她。

「別看她那樣，她是個很認真的孩子，請妳多包涵。」

「只要她可以跟孩子們和樂融融地一起工作就沒問題。而且莫琳小姐會幫我注意吧？」

「我會好好教育她的。」

莫琳小姐說完，也回到自己的工作崗位上。

171 熊熊到王都領取祕銀小刀

新推出的蛋糕也銷售得很順利，涅琳也很努力。因為店裡的工作終於漸漸上了軌道，所以我決定去一趟王都。

我差不多該去拿委託加札爾先生製作的祕銀小刀了。自從向他訂做之後，已經過了好幾天。我已經從戈德先生那裡拿到修莉的小刀，現在放在熊熊屋的倉庫，隨時都可以使用。

因為要去王都，我決定帶蛋糕去拜訪芙蘿拉大人。由於一個人去很寂寞，所以我再次邀請了菲娜。我這次預定當天來回，因此不需要取得堤露米娜小姐的許可。可是菲娜說：「那個，我這次就不去了。」拒絕了我。

我說如果她沒空，我們可以改天再去，但她說自己有空。

這搞不好是我第一次被菲娜拒絕。為什麼我會覺得胸口一陣刺痛呢？為什麼有種靠近寵物狗卻被牠逃走的悲壯感呢？我快哭了。

「優奈姊姊？」

「我做了什麼讓妳討厭我的事嗎？」

「不、不是的。我沒有討厭優奈姊姊喔。」

「那是為什麼？」

菲娜否認我的說法，但至今為止我每次邀請她，只要她有空就不會拒絕。

她或許已經到了跟打扮成熊的我走在一起，會覺得羞恥的年紀了。

「優奈姊姊，不是的，妳冷靜一點。」

菲娜極力否認，告訴我這次不想一起去的理由。

她說她不排斥去王都，但是因為有上次的經驗，讓她暫時不想到城堡去。

「我覺得那個國王應該沒有放在心上。而且如果他有意見，我會幫妳揍扁他的。」

我擺出拳擊手的動作，快速使出熊熊鐵拳給她看。

就讓國王嚐嚐我的各種熊熊鐵拳吧。

「要是做出那種事，優奈姊姊會被抓走啦。」

「那我會偷偷地揍。」

從遠處放出空氣彈也是一個方法。

「優奈姊姊！」

「開玩笑的啦。」

不過，如果菲娜真的有什麼萬一，就算是國王也別想全身而退。

因為如此，我這次一個人寂寞地使用熊熊傳送門來到了王都。首先要去加札爾先生那裡。再不去拿小刀，人家就要生氣了。

我一走出王都的熊熊屋，就把熊熊連衣帽往下拉，快步前往加札爾先生的打鐵鋪。

王都和克里莫尼亞不同，依然有很多視線，也會聽到「熊」這個字。打扮成熊的樣子會引來好奇的目光也沒辦法，但人口也很多，我要承受的視線和聽到的談論也會很多。我避開人潮多的路走。

「不好意思～」

我一走進打鐵鋪，加札爾先生就從裡頭走出來。

「終於來啦。」

他一看到我的臉就這麼說。

「抱歉，我有些事情要忙。」

「開玩笑的。妳是從克里莫尼亞來的吧。費用都已經付清了，妳想要什麼時候來都行。」

加札爾先生露出「既然是從遠地前來，那也沒辦法」的表情。

嗯，對不起。其實我是在做蛋糕、睡午覺、和熊緩與熊急玩。只要我想來，就可以馬上使用熊熊傳送門來取貨。老實說，我只是因為嫌麻煩而拖延罷了。不過，我不可能對加札爾先生這麼說。

「可是既然妳是冒險者，我勸妳趁早來拿。遇到緊急情況時，沒有武器或許會死喔。」

加札爾先生說得沒錯。如果遇到不怕魔法的對手，我就只能依靠武器了。這種時候，如果有祕銀小刀或許就有辦法應付。

「所以，兩把刀都做好了嗎？」

「當然了。妳以為在那之後過了幾天啊。」

加札爾先生把兩個用布包著的物品交給我。

我把其中一包布解開，出現一把收在漂亮刀鞘裡的小刀。刀柄的部分是美麗的黑色。我仔細一看刀柄的部分——

「熊？」

就像是某種章級，刀柄上刻著熊的臉。

「刻得不錯吧。」

加札爾先生露出有點得意的表情。

「這是加札爾先生刻的嗎？」

「我本來不打算刻，但是妳一直不來拿，閒著沒事就刻了罷了。」

「那個，抱歉。」

很抱歉，我因為嫌麻煩就不來取貨。我在心中道歉。

「不說這個了，拔出來看看吧。」

我聽加札爾先生的話，從刀鞘裡拔出刀來。刀刃很漂亮。把刀刃舉高就會反射從窗外灑進來的陽光，研磨得十分光亮。

「握起來如何？妳現在拿的黑色小刀是右手的。用黑色的熊手套拿拿看吧。」

「黑色小刀？」

「另一把刀的刀柄是白色的，要給妳左手的白熊手套拿。不同顏色比較容易分辨吧。」

我取出另一把被布包著的小刀。布裡面包著的是有白色刀柄的漂亮小刀，這把刀的刀柄上也刻著熊的臉。

「左右兩邊是特別分開製作的嗎？」

我沒有聽說過遊戲裡的武器有慣用手的區別。可是，菜刀等東西有左撇子專用的，聽說刀刃會有細微的角度差異。這兩把刀的刀刃大概也一樣有左右之分吧。

「因為妳說戰鬥時要雙手持刀。我配合左右手的形狀，做得比較好握。不過就算這樣，也不代表另一隻手不能使用。」

「那麼，我可以確認一下祕銀小刀的鋒利度嗎？」

「可以，如果有不對勁的地方就告訴我。只要問題不大，我現在就可以幫妳處理。」

我走到店外，從熊熊箱裡拿出鋼鐵魔偶。

好了，讓我試試刀子有多鋒利吧。

「只要對小刀灌注魔力就可以了吧？」

「對，那樣就能加強鋒利度。至於有多鋒利，就要看妳的魔力了。」

「意思是如果砍不動，問題就出在我的魔力嗎？」

「妳那麼說，意思就是如果砍不動，是我做的小刀不好嘍？」

聽他這麼說，我就無話可說了。算了，試試看就知道。要是砍不動，到時候再想辦法吧。

我讓雙手的熊熊手套玩偶嘴巴咬住小刀。我想起遊戲時代，我使用短刀的經驗也不少。因為小刀很輕，所以能做出敏捷的動作，缺點就是攻擊力低。可是，小刀可以用來投擲，動作也比較小。對付某些敵人時能大顯身手。

我握住祕銀小刀後，以使用魔法的要領將魔力集中在熊熊手套玩偶上。然後我對鋼鐵魔偶的右手臂以右、左的順序揮舞小刀。結果我沒有感受到阻力，鋼鐵魔偶的右手臂一分為二，掉落到地面上。

「喔喔，好厲害！加札爾先生，太厲害了。輕鬆就能砍下鋼鐵魔偶的手臂呢。」

我有點感動。

「厲害的是妳。就算是祕銀小刀，也無法那麼簡單就砍斷鋼鐵。」

加札爾先生誇讚我。

「是因為加札爾先生做的小刀厲害吧？」

我稍微拉開和鋼鐵魔偶之間的距離。然後朝著鋼鐵魔偶衝刺，在錯身而過的時候揮砍幾刀。

我經過後，鋼鐵魔偶就被分割成好幾塊。感覺好像當上了忍者。只要使用熊熊裝備，應該可以隱密行動吧。可惜因為布偶裝的關係，看起來太顯眼了。

「真厲害，我都看不清妳砍了幾次。」

加札爾先生走近被切開的鋼鐵魔偶，觀察切面。然後走到我的面前。

「讓我看看小刀。」

我依照他的要求，遞出小刀。加札爾先生對著天空舉起小刀。

「明明砍過鋼鐵，刀刃卻完全沒有缺角，這可以證明妳的實力。不只劍術好，魔力也控制得好，難怪戈德會說妳是個優秀的冒險者。妳這個人是典型的人不可貌相吧。」

我拿回小刀，收進熊熊箱。買到好東西讓我覺得心滿意足。

真想用這種小刀和鋼鐵魔偶戰鬥。我想試試看在實戰時能不能砍傷它們，聽說練習時砍的鋼鐵魔偶，和透過魔石魔力加強硬度的鋼鐵魔偶完全不同。明明拿到了這麼好的武器，卻沒有對手可以砍，真是可惜。

「話說回來，妳還真奢侈。」

加札爾先生看著變成一堆廢鐵的鋼鐵魔偶說。

「如果要砍鐵，用鐵棒就夠了啊。」

我只是想用鋼鐵魔偶試砍看看而已。

「對了，你有把我送的鋼鐵魔偶拿來裝飾呢。」

「意外地很受客人好評啊，因為大家都沒有看過狀態那麼好的鋼鐵魔偶，有人會好奇地過來看。不過，營業額不會因此增加，但也算是很好的宣傳。」

我有說過，如果覺得太礙事，弄壞也沒關係，但看到它留下來還是很開心。

後來，我領回剩下的祕銀，鐵的部分則請加札爾先生接收。

「那我先走了，謝謝你。」

「等等。妳要把店外的那些殘骸丟著不管嗎？」

加札爾先生指著被切塊的鋼鐵魔偶。因為收到熊熊箱裡很麻煩，所以我打算拍拍屁股走人，卻被他逮到了。

我想去收拾鋼鐵魔偶的殘骸時，瞬間想到了好主意。

「呃～因為收拾起來很麻煩……送給你。」

「我從來沒看過說出這種蠢話的人。就算有砍過，那也是鐵啊。妳知道這些鐵可以做多少的武器和道具嗎？」

「就算你這麼說，我拿著這種被切開的鐵塊也用不到啊。」

「拿去賣不就得了？這可不是一筆小錢。」

我看著那堆碎鐵塊。我砍得太細了。不管是要收進熊熊箱還是拿出來都很麻煩。

「還是算了吧，好麻煩。」

「受不了，我知道了。我跟妳收購。不過，我不會出太高的價錢喔。」

「對了，就當作是謝謝你幫我在祕銀小刀的刀柄上刻熊的圖案吧。」

「那可不行。我跟妳拿太多東西了，而且我今後想以對等的地位和妳往來。」

人家都說到這個份上了，我也只能收下。

我從加札爾先生那裡拿到一筆錢。

「另外，這是我幫妳寫給師父的介紹信。我也畫了一張地圖，只要照著路線前進，應該不會迷路。」

「謝謝，我下次會去看看。」

「到時候幫我跟師父問聲好。」

我再次向加札爾先生道謝，離開打鐵舖。

172 熊熊去拜訪芙蘿拉公主

從加札爾先生那裡拿到祕銀小刀的我來到了城堡。

儘管我的公會卡有入城許可證，我卻靠這張臉——不，是靠著這身熊打扮就獲准進入城堡了。與此同時，另一個衛兵跑著離開。嗯，這幅景象就跟往常一樣呢。

蓋在我的公會卡上的入城許可證印記毫無意義呢。順帶一提，除非灌注魔力，否則無法看到入城許可證的印記。如果有什麼機會能使用，應該是遇到沒見過我的衛兵或我把布偶裝脫掉的時候吧。雖然說脫掉布偶裝可能會引發別的問題。

我穿著熊熊布偶裝走在城堡裡。一般來說，如果看見有人穿著這種熊熊布偶裝在城堡裡走動，肯定會被通報上級。以日本來說，就像是穿著布偶裝在皇居裡遊蕩。可是，跟我擦身而過的人沒有大呼小叫。

我的眼前有一名女性。我輕點了個頭，想從她身邊經過。可是，這名女性注意到我就走了過來。

什麼事？我有取得許可喔。

「那個，謝謝妳的繪本。我和孩子都看得很開心。」

她只說這些，低頭行禮就離開了。我還以為有什麼事，原來是繪本。這麼說來我都忘了，繪本只會發送給城堡內的人吧。

可是，大家都知道是我畫的嗎？

嗯～我明明叫艾蕾羅拉小姐不要把我是作者的事情說出去了。我一定要跟艾蕾羅拉小姐抗議。

在我抵達芙蘿拉大人的房間前又發生了同樣的事，這次對方甚至要求握手。

「我和孩子都很期待下次的繪本喔。」

我的職業該不會變成繪本作家了吧？

不不不，我才不是繪本作家呢。不要說下次了，我目前都不打算畫。

我要跟艾蕾羅拉小姐好好談談，阻止這件事繼續傳開才行。可是，為什麼書上明明沒有寫作者的名字，大家卻知道作者是我呢？

想著想著就抵達芙蘿拉大人的房間了。我敲敲門，房裡傳來安裘小姐的聲音後打開房門。

「啊，優奈大人，歡迎。」

安裘小姐是負責照顧芙蘿拉公主的人。她以前也是公主的奶媽，所以把芙蘿拉大人當成親生女兒一樣疼愛。

「安裘小姐，妳好。芙蘿拉大人在嗎？」

「是，她在。」

我正要走進房間裡打招呼時，芙蘿拉大人就從安裘小姐的背後探出頭來。

「熊熊！」

見到我的芙蘿拉大人滿臉笑容，抱住我的肚子。

「芙蘿拉大人，妳好。」

「熊熊好。」

芙蘿拉大人乖巧地回話。這麼可愛，實在不像是跟那個國王有血緣關係的人呢。喔，一定是像到王妃殿下，她將來會變成像王妃殿下一樣的美人吧。

「那麼優奈大人，請進來房間裡。」

我本來想要應安裘小姐的邀請走進房間，卻又停下腳步。

「優奈大人？」

「熊熊？」

兩人呼喚突然停下來的我。

「芙蘿拉大人，今天天氣這麼好，要不要去庭園？」

待在這裡，國王一定會跑過來。我想到了避開他的方法。我過去曾拜訪芙蘿拉大人的房間好幾次，每次都是在芙蘿拉大人的房間用餐。既然如此，國王這次應該也會以為我在芙蘿拉大人的房間。

那就簡單了。只要改變用餐的地點就好。

菲娜因為國王和艾蕾羅拉小姐的關係吃了不少苦頭，我得稍微報復一下。

「說得也是。芙蘿拉大人，今天天氣很好，我們去庭園吧？」

「熊熊要去我就去。」

安裘小姐對我的提議不疑有他地同意了，芙蘿拉大人也帶著笑容答應我的壞心計畫。看著她們兩人的笑容，讓我湧起一點罪惡感。

可是既然兩人都同意了，我開始執行「國王到了芙蘿拉大人的房間，卻一個人也沒有的作戰」。

國王和艾蕾羅拉小姐去了芙蘿拉大人的房間卻找不到人，兩人因此感到困擾的表情浮現在我的眼前。

「優奈大人，怎麼了嗎？」

或許是察覺到我的變化，安裘小姐對我說道。糟糕，我好像笑出來了。

「沒什麼。」

「是嗎？那麼優奈大人，我去準備茶水，可以請您照顧芙蘿拉大人嗎？」

我答應後，安裘小姐微微低頭行禮，去準備茶水。

「那麼，芙蘿拉大人，我們去庭園吧。」

我向芙蘿拉大人伸出戴著熊熊玩偶手套的手，芙蘿拉大人就用小巧的手握住。我和芙蘿拉大人手牽著手，走向庭園。

可以的話，前往庭園的途中最好沒被任何人看到，但我們還是在路上遇到了三個人。但願那三個人不會把我們走向庭園的事情洩漏給國王知道。

一抵達庭園，我們就看到綻放著各種色彩的漂亮花朵。不愧是王宮的庭園。雖然上次也看過，但還是很漂亮。這個地方很適合用餐。可是，這麼漂亮的庭園也只有城堡裡的相關人員能看見，想到這裡就覺得很可惜。不過並非獨占，而是我們兩個人獨佔庭園，今天就心懷感激吧。

如果這裡是觀光勝地，人潮會很擁擠，不能放鬆地賞花。

我望向芙蘿拉大人，她很開心地看著花。公主殿下和花卉是十分相稱的組合，但熊熊布偶裝和花就搭不起來了。就算想像也只會讓人發笑。

我牽著芙蘿拉大人的手，走向庭園中央。

庭園的中央有圓形的桌子，周圍則放著椅子，有地方可以聊天或吃一些簡單的餐點。為了因應雨天，桌子的上方也裝有遮雨棚，是個適合賞花的地點。因為遮雨棚也能防止陽光直射，所以也是個適合吃蛋糕的地方。

我這麼想著，來到庭園中央，卻發現已經有人先來了。

「哎呀，是優奈和芙蘿拉啊。妳們怎麼會來這裡？」

王妃殿下一個人坐在椅子上，欣賞著庭園。讓王妃殿下獨處沒關係嗎？因為是在城堡裡，所以沒關係嗎？

「我想說今天不要待在芙蘿拉大人的房間，而是在這裡吃東西，打擾到妳了嗎？」

「沒有那回事喔。我也可以一起接受妳的招待嗎？」

我沒有理由拒絕，所以答應了。但我可以擅自請王妃殿下吃東西嗎？我早就已經請芙蘿拉大人吃過各種食物，現在這麼說也太晚了。

「熊熊，今天要吃什麼？」

芙蘿拉大人在王妃殿下右邊的椅子上坐下，向我問道。

她完全把我和食物聯想在一起了。也難怪，因為我每次來都帶著食物，這也沒辦法。感覺就像是我在餵養雛鳥一樣。

「是又甜又好吃的東西喔。不過，請稍微等我一下。」

圓形的桌子旁放著四張椅子。我在拿出蛋糕前，要動手腳讓其他人無法坐在剩下的椅子上。

我召喚出小熊化的熊緩，讓牠坐在芙蘿拉大人旁邊的椅子上。然後召喚出小熊化的熊急，讓牠坐在更旁邊的椅子上。

這樣一來，就算國王來也沒有位子可坐。接下來只要我抱住熊急坐好就行了。

真是完美的計畫。可是，我的作戰在一瞬間瓦解了。

「是小熊熊耶～」

芙蘿拉大人從椅子上跳下來，抱住坐在隔壁椅子上的熊緩，然後把熊緩從椅子上拉下來。我沒有考慮到這個狀況。

她。

「哎呀，真可愛呢。」

連王妃殿下也站起身，抱起熊急。

我實在沒有膽量制止芙蘿拉大人和王妃殿下，椅子就這麼空了下來。

「熊熊，牠們是大熊熊的小孩嗎？」

這麼說來，這好像是芙蘿拉大人第一次見到小型的熊緩和熊急。

「不是喔，我只是把大熊熊變小了。」

「好厲害。」

芙蘿拉大人抱住熊緩。現在好像不是吃蛋糕的時候了。算了，芙蘿拉大人開心就好。

芙蘿拉大人跟熊緩在庭園中跑來跑去。我很擔心她會跌倒，可是，王妃殿下抱著熊急看著她。

「摸起來軟綿綿的，觸感真好。」

熊急在王妃殿下的懷抱中露出舒服的神情。我變得無事可做，覺得有點寂寞。

「話說回來，優奈的召喚獸真可愛呢。我也很想要。」

「我不會把牠們送人的。」

「哎呀，真可惜。」

王妃殿下更用力地抱緊熊急。熊急看起來很不舒服，放過牠吧。

我們看著芙蘿拉大人和熊緩玩耍一會兒，這時安裘小姐來了。不只有安裘小姐，另外還有兩

個不該出現在這裡的人。

「今天要在這裡吃東西嗎？」

「優奈，今天是什麼呢？」

國王、艾蕾羅拉小姐和安裘小姐一起現身。熟悉的成員都到齊了。這是「國王到了芙蘿拉大人的房間，卻一個人也沒有的作戰」徹底失敗的瞬間。

「你們怎麼會來這裡？」

我大概猜得到，卻還是忍不住問。

「喔，我接到妳來的報告，正要拋下工作前往芙蘿拉的房間時，在途中遇到安裘。她告訴我今天要在這裡吃東西。」

我該從哪裡開始吐槽呢？

總之，我想先說：「不准拋下工作！」

「對了優奈，和我女兒芙蘿拉在一起的那隻熊是怎麼回事？」

國王看著小熊化的熊緩和芙蘿拉大人玩耍的樣子，這麼問道。

「那是我的召喚獸熊緩。我以前有讓你看過吧。」

「妳說熊緩？大小不同耶。」

「呵呵，優奈的熊可以變小喔。」

我在護衛學生的時候有告訴艾蕾羅拉小姐，所以她並不驚訝。

「熊緩，過來。」

我一呼喚，熊緩就朝我跑來。芙蘿拉大人也追著牠跑過來。

「那隻熊可以變得這麼小嗎？」

國王抱起來到我面前的熊緩。

「喔喔，好柔軟。」

「父親大人，不能跟我搶。」

芙蘿拉大人抱住國王的腳抗議。

什麼不能跟我搶，熊緩是我的家人耶。

「好，牠很重，小心點喔。」

國王把熊緩抱給芙蘿拉大人。雖然芙蘿拉大人的體型比較大，卻還是抱不動熊緩，一屁股跌坐在地，但她仍然很開心地抱著熊緩。

她會確實還給我吧？

我只能想見把熊緩抱走的時候，芙蘿拉大人哭泣的樣子。

嗚嗚，該怎麼辦才好……

173 熊熊和王室成員一起吃蛋糕

結果「國王到了芙蘿拉大人的房間，卻一個人也沒有的作戰」失敗，所有人都到齊了。

而且，椅子在不知不覺間多了一張，變成了五張，應該是安裘小姐準備的。手腳真快。抱著熊急的王妃殿下、拋下工作的國王、平常不知道都在做什麼的艾蕾羅拉小姐都已經坐在位子上了。

「芙蘿拉大人要不要放開熊緩，坐到椅子上呢？」

為了拿回熊緩，我進行第一次試探。

「不要。」

芙蘿拉大人緊緊抱住熊緩。熊緩在芙蘿拉大人的懷抱裡不知如何是好。我是很想救熊緩，但如果硬是抱走，芙蘿拉大人會哭吧。

「芙蘿拉大人，有好吃的東西喔，要不要吃？抱著熊緩就不能吃了喔。」

「好吃的東西？」

「很好吃喔。而且熊緩也累了，牠想請妳讓牠休息一下。」

我用眼神暗示熊緩，牠就用疲憊的聲音輕輕叫了一聲「咿～」。

熊緩牠們的演技很高超。牠們以前曾經靠著演技騙過諾雅，或是假裝成會吃人的熊來威脅到密利拉鎮旅館襲擊我的壞人。看到熊緩演出疲憊的樣子，芙蘿拉大人猶豫後靜靜放開牠。

「熊緩，對不起喔，下次再一起玩。」

「咿～」

嗯，真是個體貼的孩子。熊緩這次沒有演戲，而是真的很高興地叫著。離開芙蘿拉大人的熊緩來到我身邊。

我摸摸熊緩的頭，感謝牠和芙蘿拉大人一起玩。然後，趁著芙蘿拉大人還沒有改變心意，將熊緩召回。

看到熊緩消失，芙蘿拉大人露出有點難過的表情，但乖乖地坐到椅子上。

下次請雪莉製作熊緩和熊急的布偶好了。送給芙蘿拉大人的話，她一定會很開心。

接著，我望向另一隻召喚獸——熊急。熊急乖乖地被王妃殿下抱著，而王妃殿下沒有放開熊急的打算。

妳女兒已經乖乖還給我了喔，請妳一定要把熊急還給我。王妃殿下對我的無言暗示沒有反應，撫摸著腿上的熊急。而芙蘿拉大人在一旁用羨慕的眼神看著。

再這樣下去，熊急爭奪戰就要開始了，所以我決定晚點再思考怎麼收回熊急，著手準備蛋糕。我從熊熊箱裡拿出一整個草莓蛋糕。

「是草莓耶～」

芙蘿拉大人的視線從熊急身上轉向蛋糕。這樣似乎能避免爭奪戰。

「這是什麼？」

「很類似以前吃過的鬆餅。」

「喔~那個啊。那個很好吃呢。」

我從熊熊箱裡拿出所有人份的盤子和叉子，開始切蛋糕。我開始準備蛋糕後，另一側的安袞小姐則是準備紅茶。

「裡面也有放草莓呢。」

「我喜歡草莓。」

「看起來好好吃。」

所有人都拿到蛋糕，安袞小姐也幫大家倒了紅茶。芙蘿拉大人的茶加了牛奶。

「熊熊，可以吃了嗎？」

芙蘿拉大人拿著叉子，乖巧地等待。是國王教的？還是王妃殿下？我想了一下，認為應該是安袞小姐教育她的。

「嗯，請吃。」

我說完後，她高興地用叉子扠起蛋糕，吃了起來。

「好好吃。」

芙蘿拉大人的臉頰上沾著奶油，露出滿臉笑容。看到她這個樣子，其他人也開始吃蛋糕。

「真的很好吃呢。」

「是啊，可是我覺得甜得有點膩。」

「會嗎？我覺得甜度剛剛好呢。」

我沒有吃蛋糕，喝著安裘小姐泡的紅茶。味道就跟在克里夫那裡喝到的紅茶一樣美味。這可是國王喝的紅茶，茶葉一定也是高級品。事到如今，我現在才意識到以前在城堡裡喝的飲料應該都是高級品，不細細品嚐就太浪費了。

「這個點心是優奈做的嗎？」

「嗯，算是。」

「我平常就這麼想了，妳真是一隻謎團重重的熊。」

國王一邊這麼說，一邊吃著蛋糕。

「會做好吃的食物、有熊型的召喚獸、打扮成熊的樣子，看起來不像是能打倒強大魔物的冒險者。」

因為我是異世界人，被神帶來這裡，還獲得了熊熊裝備和熊熊技能嘛。

「對了，聽說這次礦山的問題也受妳照顧了。謝謝。」

可能是聽艾蕾羅拉小姐轉述，國王似乎也知道這件事。

「畢竟是工作嘛。」

雖然有一半是被逼的。

「我不管怎麼看，都看不出妳是那麼強的冒險者。下次要不要跟我這裡的騎士或魔法師交手看看？」

「容我鄭重地拒絕。」

誰會答應那種麻煩的事啊。比賽對我來說根本沒有好處。萬一贏了，有可能會遭到面子掛不住的騎士或魔法師怨恨。沒有什麼東西比人類的嫉妒和恨意更可怕了，我沒有必要招來多餘的仇恨。

「是嗎？真可惜。」

「熊熊很強嗎？」

臉頰沾到奶油的芙蘿拉大人問道。

「跟我比起來，芙蘿拉大人的爸爸更強喔。」

主要是權力、財力、人脈等方面。這些也都是強大的一種。

「父親大人好強！」

安裘小姐幫芙蘿拉大人擦掉臉頰上的奶油。

「妳啊……」

國王用傻眼的表情看著我，但我視而不見。所有人都笑了。

蛋糕似乎很受好評，芙蘿拉大人和熊緩道別時的悲傷表情已經順利恢復成笑容了。

我望向熊急，牠還是被王妃殿下抱在腿上，我完全找不到救出熊急的時機。這時的熊急用寂寞的表情看著我。

熊急，不要用那種眼神看我，我一定會救你的。

「優奈，妳不吃嗎？」

國王對只喝紅茶的我問道。

「因為我在試吃的時候已經吃了很多。」

我已經開始膩了。好吃的東西每天吃也會膩，人家也說美女看了三天也會厭倦。

「優奈大人，可以打擾一下嗎？」

我一邊喝紅茶一邊看著大家的表情時，安裘小姐向我搭話。

「什麼事？」

「請問這些蛋糕有料理長的份嗎？」

「料理長是指賽雷夫先生嗎？」

這座城堡的料理長名叫賽雷夫。上次我拿布丁的食譜給他，他很感謝我。

「其實剛才我去準備茶具時有遇到料理長。當時，我告訴他優奈大人來訪的事，那個、他看起來似乎很期待。」

安裘小姐以難以啟齒的表情說明。為了讓芙蘿拉大人開心，不只是布丁，我也曾經拿幾份別的食物和食譜給料理長。

我拿出兩個新的盤子，把蛋糕放到盤子上。

「這拿給賽雷夫先生，另外一塊也請妳待會兒吃吧。」

和芙蘿拉大人跟我單獨相處的時候，安裘小姐會一起吃；可是國王在的時候，她會顧慮自己的立場，不常一起吃。

「這樣好嗎？」

「我下次來的時候，要告訴我感想喔。」

「謝謝您。」

她高興地接過蛋糕，放到手推車上。

「安裘，這裡不用忙了，把蛋糕送去給賽雷夫吧。」

「這樣好嗎？」

「嗯，我知道他很期待優奈的料理。拿給他之後，妳也可以跟他一起吃。」

「謝謝陛下。那麼，屬下失陪了。」

安裘小姐低頭行禮，離開庭園。

「唉，希望妳包涵一下，因為他也是很期待妳料理的其中一個人。」

「畢竟賽雷夫先生平常都要準備料理，我卻沒有事先聯絡就跑來，妨礙到他了。所以這點小事我不會放在心上。」

替王室成員準備餐點是很光榮的事，所以以前我代替料理長賽雷夫先生帶食物來的時候，他

沒有擺出好臉色。可是知道做出布丁的人是我後，他好像就沒有再說什麼了。在那之後，我有時候會送食物給賽雷夫先生。

上次我去礦山的時候，因為艾蕾羅拉小姐要和菲娜去城堡，所以我也有請她帶新推出的麵包過去。

安裘小姐離開庭園後不久，芙蘿拉大人盤子裡的蛋糕已經消失，而我注意到她正在看剩下的蛋糕。於是我又切了一塊蛋糕，放到芙蘿拉大人的空盤上。

「謝謝熊熊。」

「這是獎勵妳剛才有乖乖跟熊緩道別。」

因為旁邊就有個不願意放開熊急的人嘛。

下次做不同蛋糕帶來好了。如果是水果蛋糕或起司蛋糕，我說不定做得出來。

「優奈，我也可以再拿一塊嗎？」

艾蕾羅拉小姐靜靜地遞出盤子。胖了我可不負責任喔。

「優奈，我也要。」

「也麻煩妳幫我添一塊。」

我幫艾蕾羅拉小姐、國王、王妃殿下的盤子再添了蛋糕。因為安裘小姐不在，我好像變成女僕了。

大家的茶杯都已經沒有紅茶了，所以我用菈菈小姐教的方法幫大家泡紅茶。真沒想到這項技能會在這時派上用場。

喝了我泡的紅茶，國王開口說：

「什麼，原來妳也會泡紅茶？」

「泡得很不錯呢。」

王妃殿下誇獎我。

「因為在克里夫那裡工作的女僕小姐有教過我。」

「難道是菈菈教的？」

「嗯，店裡決定要賣蛋糕時，我想推出紅茶，所以才請她教我。」

「什麼？妳要在店裡賣這個嗎？」

「反正有材料，只要知道做法，誰都會做。如果店裡有做，想吃的時候隨時都能吃到。」

這樣我就不用自己做了。

「這麼說來，去店裡就可以隨時吃到蛋糕了吧。我看我回克里莫尼亞好了。」

「每天吃的話，會變胖喔。」

「不必擔心，我不會放她回克里莫尼亞的。」

「太過分了，大家都欺負我。」

大家正在享用蛋糕的時候，庭園後方傳來沉重的奔跑聲。我轉頭看去，看見這座城堡的料理

長——賽雷夫先生跑過來的樣子。

賽雷夫先生是個脂肪豐滿的微胖大叔。雖然外表不太好看，卻是城堡的料理長，負責為王室準備料理，備受信任。

這樣的人氣喘吁吁地跑過來。

174 熊熊要在王都開店？

雖然跑得很慢，身為料理長的賽雷夫先生上氣不接下氣地跑來庭園。安裘小姐也跟在後方走來。不知道為什麼，他們的移動速度是一樣的。我第一次看到跑步的人跟走路的人速度一樣。既然如此，用走的也可以吧？

「賽雷夫，你怎麼了？」

國王向出現在庭園的賽雷夫先生問道。

「國王陛下和王妃殿下都在嗎？」

「是啊，放下工作休息一下。」

每次都是這樣。而且這個人是丟下工作跑來的。

我每次都會想，沒有人會阻止他嗎？像他這種類型的人，應該會有個類似宰相的人站在國王身邊碎碎念，常常因為國王的行為而胃痛，所以辛苦得老是吞胃藥。不過，如果有人能阻止國王的行為，他應該也沒辦法這麼自由地行動吧。

「所以你是怎麼了？我還是第一次看到你跑步的樣子。」

那算是跑步嗎？速度跟走路的安裘小姐一樣耶。而安裘小姐現在已經移動到王妃殿下和芙蘿

拉大人身邊，服務她們。

「讓您見笑了。屬下對稍早優奈閣下帶來的食物感到好奇，都已經這把年紀了，還是忍不住跑來。」

賽雷夫先生搔著頭，不好意思地答道。

什麼這把年紀，他看起來應該不到35歲。而且我覺得跑步應該跟年紀沒有關係。我反而認為他應該多運動，把肚子瘦下來。

賽雷夫先生沒有注意到我內心的吐槽，轉頭看著我。

「優奈閣下，好久不見了。」

「賽雷夫先生，不好意思。我老是在你幫芙蘿拉大人他們準備午餐的時候來打擾。」

「一開始我的確也那麼想過，但現在，我也是對優奈閣下的料理滿心期待的其中一人。身為一個廚師，優奈閣下的料理能刺激我的靈感。因為會讓我感受到，料理的世界是無邊無際的。」

太誇張了吧。可是以異世界的料理來說，這麼說或許也沒錯。

「那麼優奈閣下，剛才放在那份鬆餅上的白色物體是什麼呢？」

賽雷夫先生來到我面前逼問。多虧熊熊服裝的耐熱效果，我的身體不覺得熱，心裡卻對他的熱情感到吃不消，希望他不要靠得這麼近。我稍微把椅子往後挪後回答：

「那是打發的鮮奶油，是用叫作鮮奶油的東西打到發泡做成的。我只是把它和草莓一起放在鬆餅上而已。」

這些話，我說了幾次呢？因為我只能這麼說明，所以也沒辦法。

「鮮奶油是嗎？原來還有那種東西啊。嗯嗯。」

「我這裡還有，要吃嗎？」

雖然桌子上已經沒有了，但熊熊箱裡還放著好幾個蛋糕。

「可以的話，請務必讓我嚐嚐。不過，我會來這裡還有別的理由。」

賽雷夫先生露出難以啟齒的表情。

「什麼事？」

「那個，請問您願意告訴我做法嗎？當然，我不會告訴其他人。那是廚師（優奈閣下）辛苦想出來的食譜。我知道作為廚師，詢問食譜是可恥的行為，也知道不會有人想要透露。可是……」

雖然我是費了一點苦心才做出蛋糕，但食譜不是我想出來的。我只是回想起原本就存在的做法，做出來而已。就算我知道材料，但不記得分量，因此也只是稍微摸索了一下。

「賽雷夫，你答應過不向優奈詢問烹調方法的才對。」

「可是身為一名廚師，屬下的廚師靈魂訴說著，無論如何都想知道這種難以想像做法的食物是怎麼製作的……」

「你已經從優奈那裡學到布丁和披薩等料理的做法了吧。」

「是沒錯……」

賽雷夫先生被國王責備，低著頭小聲說道。

正如國王所說，我已經給過賽雷夫先生幾份食譜，但因為有確實管理，所以我沒聽說有洩漏的情況發生。所以我個人認為告訴賽雷夫先生也沒有問題。

「我可以告訴你。」

「可以嗎！」

賽雷夫先生聽到我這麼說很高興。

「優奈，真的沒關係嗎？我每次都這麼想，食譜對廚師來說不是很重要的東西嗎？那麼重要的東西，就算對方答應不外傳……」

不管是哪個世界，食譜對廚師來說或許都很重要。有些人甚至會看得比性命還重要，特別是家族代代相傳的祕密配方。

可是，這種蛋糕是普遍公開在料理書籍和電視、網路上的食譜，並不是我發明的。而且我既不是廚師，也不打算在這個世界以廚師的身分討生活。所以如果有人問我是否看重食譜，答案是否定的。

只不過，如果告訴別人會讓克里莫尼亞的店受害，我會想要避免。因為店裡還有我的同伴正在努力工作。

可是，如果是要在遠離克里莫尼亞的地方做，那就沒有什麼問題。應該不會有人特地從克里莫尼亞跑到王都吃蛋糕，而且我們在味道上也不會輸人。

「通常廚師是不會輕易把珍貴的食譜外傳的。」

「反正我也沒有想要賺錢。食譜廣為流傳，許多廚師以這個基礎加上變化，就會創造出更多新的料理。祕方對廚師來說或許很重要，但我並不是廚師。」

我並不打算靠原本世界的知識來賺錢。我覺得美味的料理就要推廣給更多人知道。我告訴別人的料理也有可能會催生出新的料理，料理就是應該如此進步下去。

當然，我並不打算什麼人都教。我不想告訴滿腦子只想著賺錢的人或壞人。因為賽雷夫先生很守信用，所以我覺得告訴他也無妨。然後，賽雷夫先生把食譜告訴值得信賴的廚師就好。

「其他廚師如果聽到這番話，一定會很疑惑。」

「只要能讓芙蘿拉大人開心，那就夠了。」

我看著津津有味地吃著蛋糕的芙蘿拉大人。光是這樣，我就滿足了。

「可是做蛋糕會用到很多糖，請注意不要做太多。艾蕾羅拉小姐就算了，我可不想看到芙蘿拉大人發胖。」

「優奈……」

艾蕾羅拉小姐看著我，我不以為意。

「當然，為王室成員的健康與營養把關也是我的工作。我發誓就算芙蘿拉公主想吃，我也不會隨便製作。」

「人家才不會那麼任性呢～」

芙蘿拉大人嘟起嘴巴說道。

真可愛。

「噯，優奈。既然這樣，妳要不要在王都也開一家店？畢竟也有布丁，想成為王都最受歡迎的店也不是夢想喔。」

「可是不管是布丁還是蛋糕，都要用到大量的蛋，就算做出來也會賣得很貴。我的店會自己生產蛋，所以不要緊。」

不只是布丁，做蛋糕也會用到蛋。

王都也有賣蛋，價格卻很高昂，是克里莫尼亞的好幾倍。用那麼貴的蛋做蛋糕或布丁的話，價格就會高得誇張。

「這一點不用擔心。這附近有養鳥的村莊，我們已經指示村莊增加鳥的數量，雖然不快，可是蛋的產量已經漸漸增加了。」

好像是國家有出錢補助村民增加鳥的數量，讓蛋的產量大幅提升。

「那個，請問可以讓我們即將在王都開設的店推出嗎？」

聽到我們說的話，賽雷夫先生提出新的建議。

「嗯，好主意。」

「是啊，這麼做或許是最好的。」

據他們所說，為了培養在城堡裡工作的廚師，似乎有計畫要在王都開一家新的店。只要我許可，那家店有意推出布丁。

「我認為這種蛋糕也可以一起在店裡推出，如何？而且如果妳隨便開店，說不定會有人來找麻煩。只要由王室經營，應該就不會有人出手了。我也會命人好好管理食譜。」

「是，我也會選擇值得信賴的廚師。」

賽雷夫先生回應國王說的話。

「接下來只要得到妳的許可，我們想在餐廳裡販售。」

他們都安排到這個地步了，事到如今我完全沒辦法拒絕。確保了蛋的流通，也會挑選廚師。

而且我也不需要管理那家店，所以沒有理由拒絕。

我答應了這件事。

175 熊熊奪回熊急

決定要在王都的店販售布丁和蛋糕後，我要教賽雷夫先生做蛋糕。

我過去有把布丁的食譜交給他，但好像有失敗過幾次。因為不像日本的食譜書一樣有附上照片，所以有些部分好像表達得不夠清楚。所以，這次我要邊做邊教。

「那麼，我現在做吧？」

「可以嗎？」

「因為蛋糕好像也吃完了嘛。」

大家盤子上的蛋糕已經完全消失了。

而且我也想找理由離開這裡，從王妃殿下那裡搶回熊急。王妃殿下吃蛋糕時也把熊急抱在腿上，沒有放開牠。

她現在還抱著熊急，優雅地喝著紅茶。熊急在她的腿上，淚眼汪汪地看著我。

我現在就救你，等一下喔。

為了實行奪回熊急的作戰計畫，我向王妃殿下說：

「王妃殿下，我接下來要去教賽雷夫先生做蛋糕，所以請把熊急……」

「我都聽到了。我會抱牠過去，沒問題的。」

王妃殿下抱著熊急站起來。

呃～沒問題是指什麼？她是什麼意思？該不會是要跟過來吧？

「妳不要妨礙到優奈和賽雷夫了。」

「我才不會妨礙他們呢。我只是要去看看賽雷夫有沒有好好做，幫忙試吃而已。」

這個王妃殿下還打算繼續吃耶。而且試吃不是王妃該做的事，一般來說，不都是試毒的人先確認食物沒有毒，才能讓王室成員吃嗎？雖然說這只是我對王室的想像而已。

「我也要試吃～」

因為王妃殿下這麼說，連芙蘿拉大人也說出這種話。這些王室成員這麼隨便沒關係嗎？而且芙蘿拉大人已經吃了兩塊蛋糕。這麼小的孩子應該吃不下第三塊才對。

「那麼，我要回去工作了。優奈，謝謝妳的招待。這次也很好吃。」

國王從位子上站起身。可以的話，我希望他能勸王妃殿下把熊急還給我，可是他卻走了。

「那麼，我要去著手準備開店的事了。」

我不禁心想，艾蕾羅拉小姐都不用做自己的工作嗎？她平常都做什麼工作？

真是個謎團重重的人。

「來，優奈。我們走吧。」

我正在思考關於艾蕾羅拉小姐的事時，王妃殿下拍拍我的肩膀。我會走的。但比起這個，王

妃殿下，請把熊急還給我。

我的願望沒有成真，王妃殿下就這麼抱著熊急邁出步伐。熊急把頭靠在王妃殿下的肩上，一臉悲傷地望著我。抱歉，救不了你。我在心裡對熊急道歉。

大夥兒來到了廚房。所有人進入廚房後，賽雷夫先生把門關上，並且上鎖。

咦，為什麼要這麼做？

「這是為了防止洩漏情報。」

賽雷夫先生回答我的疑問。

「製作優奈閣下所教的料理時，我總是會先確保沒有人進來再做。」

作風那麼嚴謹嗎？

一定不是的。這間廚房是為了防止王室的料理被下毒而準備的房間。如果廚房裡有很多人，就無法得知是誰下的毒。所以考量到安全，才會只讓料理長等特定的人進入廚房。

一定是這樣沒錯。

我從熊熊箱裡拿出需要的食材和道具。我會邊做邊說明，而賽雷夫先生則在一旁作筆記。他偶爾會問問題，而我在過程中講解。

芙蘿拉大人和王妃殿下好像只是看著就覺得很有趣，一直盯著我做蛋糕的樣子。

「原來如此，蛋糕是這麼做的啊。話說回來，優奈閣下的手法真熟練。」

「是嗎？」

「您這麼年輕，我覺得很了不起。跟我這裡的廚師比起來也不遜色。」

在城堡工作的廚師要烹調王室和貴族的料理，應該是手藝有一定程度的廚師。或許就類似高級餐廳的廚房吧？

總而言之，我知道他是在誇獎我。

「熊熊很厲害嗎？」

芙蘿拉大人問道。

「是的，很厲害喔。」

「是啊，很厲害呢。」

賽雷夫先生和王妃殿下回答芙蘿拉大人的疑問。

「熊熊好厲害！」

「沒有啦。」

正在烤海綿蛋糕的時候，鮮奶油已經打發了，所以我用湯匙舀起一點奶油，遞到芙蘿拉大人的嘴邊。芙蘿拉大人張開小小的嘴巴，吃掉奶油。

「好好吃。」

海綿蛋糕也完成了，所以我在蛋糕裡夾上草莓，再塗上奶油。最後在蛋糕上裝飾草莓，草莓蛋糕就完成了。

「真漂亮。」

「看起來好好吃。」

「優奈閣下，非常感謝您。我學到了很多。」

「草莓的部分請試著換成不同季節的水果。」

「好的。我會多多嘗試，看看哪種水果比較適合。」

「那麼，好不容易做好了，我們來試吃看看吧。」

王妃殿下看著完成的蛋糕，這麼說道。

既然都做好了，的確得吃掉。可是還吃得下嗎？大家不久前才吃過蛋糕吧？可是在庭園吃過之後過了很長一段時間，或許吃得下吧。

芙蘿拉大人好像也很開心。

「那麼我來準備茶水。」

安裘小姐主動提議。

「那麼，賽雷夫先生，可以請你準備盤子和叉子嗎？」

我這麼拜託，賽雷夫先生就馬上去準備了。

「熊熊對料理長下指示。仰慕賽雷夫的廚師看到的話，應該會嚇一跳吧。」

王妃殿下笑著這麼說。的確，賽雷夫先生是城堡裡地位最高的廚師。雖然從外表和行為看不出來。

不過，賽雷夫先生一點也沒有把這種事放在心上，幫大家準備盤子和叉子。

我把切好的蛋糕放在賽雷夫先生準備的盤子上。我幫芙蘿拉大人切的蛋糕是普通的一半大小。因為要是吃太多，等一下會吃不下晚餐。

「安裘小姐也一起吃吧。另外，我會多切一點，請帶回去給孩子吃。」

「可以嗎？」

我記得她有跟芙蘿拉大人同年的孩子。

「謝謝您。」

所有人都拿到紅茶（芙蘿拉大人的是牛奶）後，開始試吃做好的蛋糕。

這時，奪回熊急的機會終於到來了！

這個廚房只有一張椅子。這張椅子是用來讓芙蘿拉大人看我做蛋糕的，現在則是用來讓她吃蛋糕。所以除了芙蘿拉大人之外，所有人都站著。這個房間是廚房，所以有桌子，但也只是用來做料理的工作桌。

因此，抱著熊急的王妃殿下要吃蛋糕，就一定要把熊急放下來。

王妃殿下為了吃蛋糕，讓熊急坐在桌子的一角。就在王妃殿下放開熊急的瞬間——

熊急看著我，而王妃殿下正在吃蛋糕。我對熊急點點頭，牠在桌上慢慢地走了過來。過了一

陣子，王妃殿下才注意到熊急的動作，但因為熊急已經移動到手搆不到的位置，所以她目送熊急離去。

「優奈，熊急就拜託妳了。」

「沒問題。我會抱著牠的，王妃殿下請試吃蛋糕。」

王妃殿下吃著蛋糕，一臉遺憾地看著熊急。就算妳露出那種表情，我也不會把牠交給妳。熊急很高興地待在我的懷抱中。我終於成功奪回熊急了。

試吃會結束，我最後也回答賽雷夫先生的問題，今天就到此為止了。

王妃殿下一直看著熊急。她好像真的很喜歡熊急。

牠的確很好摸，又很可愛。為了確保熊急的安全，或許也需要做熊急的布偶給王妃殿下。

使用熊熊傳送門回到克里莫尼的我隨便解決了晚餐，決定早點休息。

熊緩和芙蘿拉大人玩耍，熊急陪伴王妃殿下。雖然我覺得牠們待在熊熊手套裡比較能消除疲勞，但牠們被召喚就會很開心，所以我睡覺時總是會召喚牠們。

我在床上召喚熊緩牠們，牠們就高興地湊到我的身邊。

「熊緩、熊急，今天辛苦你們了。好好休息吧。」

我在睡覺前感謝熊緩和熊急的辛勞。一鑽進被窩，熊緩和熊急就移動到我的左右兩邊，蜷縮

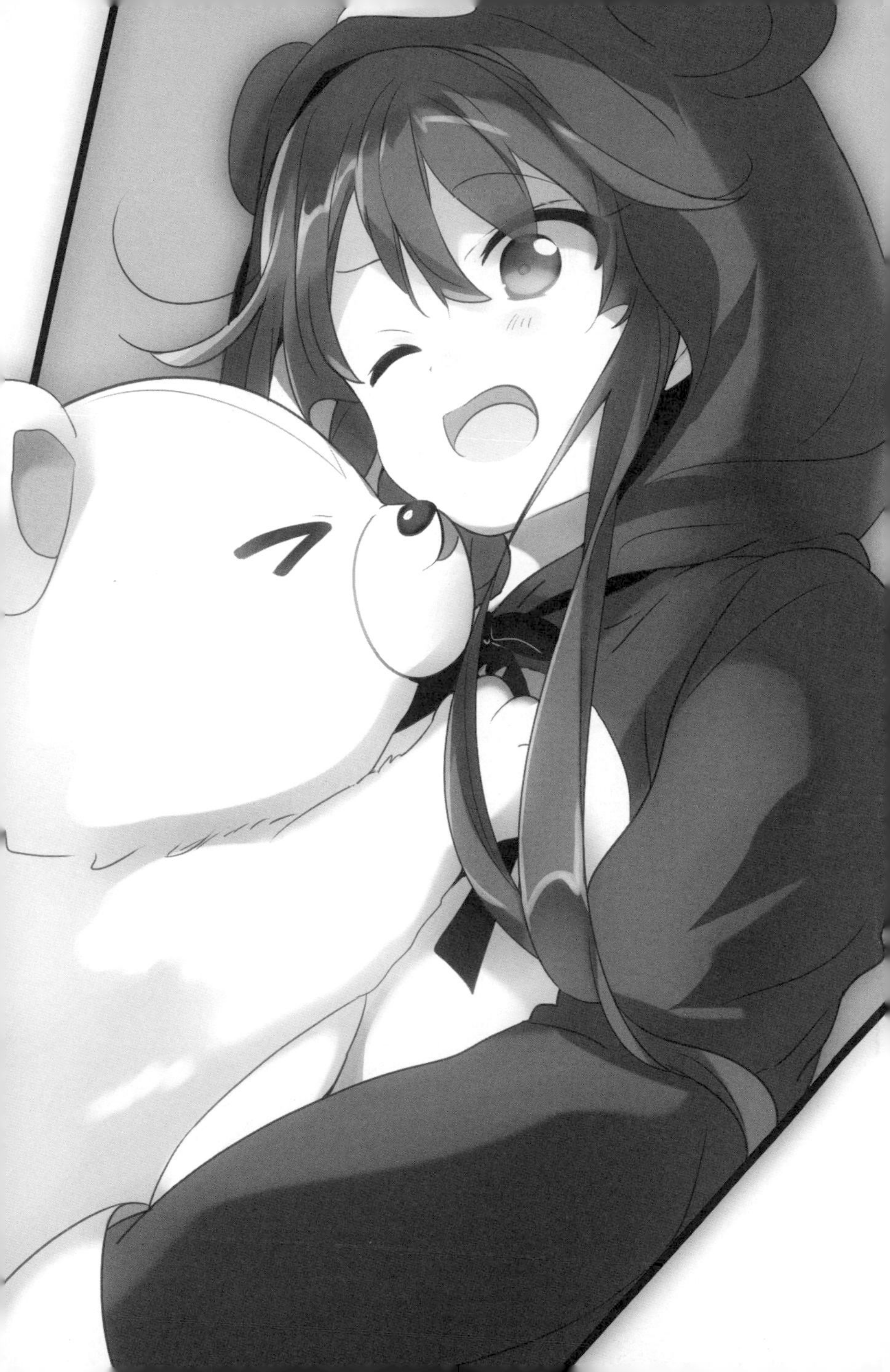

起身體。

我在心裡說了聲「晚安」，閉上眼睛。

我萬萬沒想到，自己接下來會後悔當初答應開店的事。

明明有確實去看過店面的話，就不會讓他們做出那種東西了……

熊熊勇闖異世界 7

新發表章節

涅琳篇　其一

我的名字叫涅琳，幾天前剛滿15歲。我約好要在滿15歲的時候，到莫琳姑姑在王都開的店工作。知道姑丈去世的噩耗時，我很難過。可是據爸爸所說，莫琳姑姑現在也還在經營麵包店。我希望自己可以幫點忙，於是來到了王都。

可是……店卻關門了。不管我怎麼叫，店裡都沒有人出來應門。我去向附近的路人或鄰居打聽消息。

聽說有一群可怕的男人闖進店裡鬧事。那些男人似乎在店裡大鬧，對莫琳姑姑和卡琳表姊拳腳相向。甚至有人說她們兩個被虎背熊腰的壯漢帶走了。

雖然在那之後也有人看過莫琳姑姑和卡琳表姊，店卻沒有重新開張，母女倆則消失無蹤了。

「莫琳姑姑、卡琳表姊……」

妳們平安嗎？還活著嗎？妳們發生什麼事了？

我抱著雙腳坐在店門口，覺得眼前一片漆黑。我不知道該怎麼辦。因為老家離王都很遠，所以沒辦法馬上跟家人聯絡。而且，現在家裡一個人也沒有。我母親在我還小的時候過世了；雖然我想聯絡爸爸，但我不知道他現在在哪裡工作。我的父親是建築師，有時候會有外地的城市委託他去工作。他這次也去了別的城市，沒辦法馬上聯絡上他。我已經不知道該怎麼辦才好了。

我抱著雙腳坐在店門口時，有人來向我搭話。

「妳怎麼坐在這種地方？」

我抬起頭，看見一個打扮成熊的可愛女生和一個10歲左右的小女孩。我看著打扮成熊的女生，感到很驚訝。我曾來過王都幾次，但還是第一次見到穿成這個樣子的人。

這個熊女孩向我搭話。

「這家店已經沒有營業了喔。」

這件事我已經聽附近的人說過了。而且，我也知道莫琳姑姑和卡琳表姊目前行蹤不明。

「莫琳姑姑，妳跑到哪裡去了？如果沒事就告訴我嘛……」

應該還活著吧？

「那個，妳認識莫琳小姐嗎？」

熊女孩提到了莫琳姑姑的名字。

「妳認識莫琳姑姑嗎？」

我這麼問，她就告訴我，莫琳姑姑和卡琳表姊現在在克里莫尼亞城。而且，她們在那個城市開了一家店。聽到這番話，我放心下來。

莫琳姑姑和卡琳表姊都還活著，太好了。我覺得自己的心彷彿放下了一塊大石頭。

可是，克里莫尼亞城在哪裡？就算要去那裡，我有錢坐馬車嗎？

我看看自己的錢包，裡面沒剩多少錢。因為我原本打算住在莫琳姑姑家，所以沒有帶很多錢來。

「嗚嗚，得去找工作賺錢了。」

旅館也要找便宜的才行。好不容易知道莫琳姑姑在哪裡了，我卻沒辦法馬上過去。還是先回家裡一趟？不管怎麼樣，錢都不夠。

「這些拿去用吧。」

我正在煩惱該怎麼辦時，熊女孩伸出熊造型的手。她的手上拿著錢。女孩說這些是搭馬車到克里莫尼亞的錢，金額相當大。有了這些錢，我就可以去找在克里莫尼亞城的莫琳姑姑了。

可是，我不能跟不認識的女孩子拿錢。

「等一下，我不能收下陌生女孩的錢。妳光是告訴我莫琳姑姑在哪裡，我就很感激了。而且，不可以這麼簡單就把錢拿給不認識的人喔。妳爸爸媽媽沒有教妳嗎？」

我這麼一說，打扮成熊的女生就露出困擾的表情。我說了什麼奇怪的話嗎？

可是，她說因為我認識莫琳姑姑，所以不能丟下我不管。她還說她就住在克里莫尼亞，如果我在意錢的事，可以去到那裡再還給她。

我思考過後，決定收下這筆錢。我連自己能不能在王都找到工作都不知道。既然如此，我決定到莫琳姑姑所在的克里莫尼亞工作，還錢給這個女生。

我問她住在哪裡，她說只要去莫琳姑姑的店就可以見到她了。為什麼呢？

後來她告訴我，莫琳姑姑工作的店叫「熊熊的休憩小店」。莫琳姑姑取的店名真可愛。

這個女生叫我別忘了店名，就和同行的小女孩一起離開了。我把錢收起來，為了查看開往克里莫尼亞的馬車，前往有共乘馬車停留的車站。

共乘馬車會開往各方城市和村莊。愈大的城市，班次就愈多。相反地，如果是開往村莊，可能好幾天才有一班，或是連一班都沒有。

我來到有共乘馬車的車站，看到許多馬車停留在這裡。馬車大多在清晨出發，所以現在這裡的馬車幾乎都是從別的城市抵達的馬車。

我走進停車場前的建築物，走向櫃台。

「不好意思。請問有開往克里莫尼亞的馬車嗎？」

「開往克里莫尼亞的嗎？請稍等一下。」

我詢問後，工作人員用熟練的動作幫我查詢。

「這天和這天還有空位。」

「那麼，請幫我安排這天的車位。」

選了最早的出發日後，我用熊女孩借我的錢支付車資。付完錢之後，剩下的金額還有很多。那個熊女孩竟然給初次見面的我這麼多錢。等我抵達克里莫尼亞，一定得還錢給她。

「那麼，請準時乘車。」

我收下開往克里莫尼亞的車票，上頭寫著日期和時刻。

既然已經訂到馬車了，接下來就必須找到出發前要住的便宜旅館。就算有那個女生借我的錢，還是不能過得太奢侈。

我找了一家便宜的旅館，一直住宿到開往克里莫尼亞的馬車出發的日子。

幾天後，我順利從王都出發，正在前往克里莫尼亞。乘客很多，還有其他商人的馬車同行。因為還有冒險者擔任隨車護衛，很令人放心。馬車搖搖晃晃地前進著。

但是，莫琳姑姑和姑丈一起在王都開店的時候明明那麼開心，為什麼要遷店到克里莫尼亞城呢？果然是因為在王都碰到鬧事的人嗎？

雖然心裡有許多疑問，我還是在幾天後順利抵達克里莫尼亞城了。因為抵達的時候已經很晚了，我決定今天先在旅館過夜，明天一早再去莫琳姑姑的店。

「我記得應該是這附近。」

我在車站詢問旅館的位置，對方跟我說在這附近。我邊走邊環顧周圍，找到了旅館的招牌。就決定住這裡了。

「不好意思。」

「歡迎光臨。」

我開門走進旅館，有位比我稍微年長的小姐來招呼我。

「請問可以住宿嗎？」

「一個人嗎？」

「是的。」

「沒問題。」

太好了。太陽也已經快要下山，這樣就不用在陌生的城市找旅館了。

「請問要用餐嗎？」

「麻煩了。」

我肚子餓了。自從中午吃了一點東西後，我就什麼也沒有吃。

「那麼，我先帶妳到房間。對了，我是這間旅館的女兒，我叫艾蕾娜。有什麼需要的話，請跟我說。」

「我叫涅琳。」

我跟著艾蕾娜小姐來到房間。因為還有行李，幫了我大忙。

「涅琳小姐是一個人來嗎？」

「嗯，我是來這個城市找姑姑的。」

我決定向艾蕾娜小姐問問莫琳姑姑的店在哪裡。

「艾蕾娜小姐，請問妳知道叫作『熊熊的休憩小店』的麵包店在哪裡嗎？我聽說是在這個城市。」

「『熊熊的休憩小店』？知道啊，因為那家店小有名氣。」

「真的嗎！請問那家店裡有一對叫莫琳和卡琳的母女嗎！」

「莫琳小姐和卡琳小姐？有喔，她們烤的麵包很好吃呢。」

找到了，她們倆在這裡，太好了。我還在想會不會見不到她們，看來我可以如願了。艾蕾娜小姐答應等一下幫我畫前往店面的地圖。

我把行李放在房間裡，走向一樓的餐廳。

因為知道莫琳姑姑平安地待在這個城市，我津津有味地吃完了飯菜。這幾天因為不安，我都沒有什麼胃口。

吃完飯的時候，艾蕾娜小姐走了過來，把一張紙放在桌上。

「這是莫琳小姐和卡琳小姐工作的『熊熊的休憩小店』地圖喔。」

紙上畫著從旅館到店面的地圖。

「謝謝妳。對了，另外，請問這座城市有沒有一個打扮成熊的女孩子？」

這座城市很大。我不抱期望地問道。就算熊的裝扮很顯眼，人家也不一定知道。可是，她的回應出乎我的意料。

「喔，妳是說優奈吧，打扮成一隻可愛黑熊的女孩。」

「是的。請問妳知道她在哪裡嗎？我在王都有受她幫助，想要跟她道謝。」

我提到在王都發生的事。

「原來優奈在王都也打扮成熊的樣子啊。不過她還是一樣，到處幫助別人呢。」

看來艾蕾娜小姐也認識那個熊女孩。聽說她是個冒險者，會幫助別人，也拯救過一整個村莊。

那個熊女孩是個冒險者？艾蕾娜小姐在跟我開玩笑嗎？我回想起那個熊女孩的模樣，看起來實在不像冒險者。

可是，不管她是不是冒險者，我都必須向她道謝，也得把錢還給她。雖然她說去店裡就能見到她，但既然知道她家在哪裡，那就再好不過了。

「妳去就知道了，優奈的家很好認。」

艾蕾娜小姐笑著這麼說，在剛才的地圖上用熊的圖案作了記號。

「妳看到後可能會嚇一跳喔。」

艾蕾娜小姐說著意味深長的話。她是什麼意思呢？

我道謝後收下了地圖。

我回到房間後，或許是因為知道姑姑她們在這個城市而舒緩了緊張的心情，再加上從王都搭車到這裡的疲憊，我一倒上床就馬上進入了夢鄉。

涅琳篇　其二

我從床上坐起身。真是個神清氣爽的早晨。這幾天身體上和精神上的疲勞，彷彿一口氣消除了。外頭的天氣也很好。嗯，幸好我來到克里莫尼亞城的第一個早晨不是下雨天。我把行李收拾好，拿著艾蕾娜小姐畫給我的地圖走向一樓。

「艾蕾娜小姐，謝謝妳的照顧。」

「妳要去『熊熊的休憩小店』工作對吧？」

「如果莫琳姑姑允許的話。」

我以前就跟姑姑和姑丈約好了。等我滿15歲，他們就要讓我到店裡工作。只不過，狀況可能已經改變了。我還不知道會如何。

「既然這樣，如果妳要在那裡工作，我帶妳參觀克里莫尼亞，到時候一起玩吧。」

「是，到時候就麻煩妳了。」

我好像交到了在克里莫尼亞的第一個朋友。我帶著笑容許下約定。

「呃，我看看喔，熊女孩的家應該就在這附近吧。」

看著艾蕾娜小姐畫給我的地圖，熊女孩的家好像就在這一帶。艾蕾娜小姐說，一看就知道了。我看看周圍，發現一棟奇怪的建築物。

「熊？」

我的視線前方有一棟令人難以置信的建築物。我走近看看。

「是熊吧。」

我的眼前有一棟熊造型的房屋。不知道該說這棟房子是奇怪還是可愛。房子是一隻熊，除此之外沒有別的形容方式。的確就如艾蕾娜小姐所說，我一看就知道了。很像那個熊女孩會住的家。

我回想起在王都遇到的神奇女孩時，熊造型房屋的門打開了。打扮成熊的女孩子從大門走了出來。該不會是發現到我正在看這棟房子，她才走出來的吧？我這麼想，但女孩看到我的時候露出驚訝的表情。

我還沒有把錢準備好。不管怎麼樣，我先為王都發生的事情道謝。可是，她的反應出乎我的意料。

「誰？」

熊女孩歪起頭。她的這句話讓我大受打擊。我非常感謝她，她卻已經忘了我。沒有什麼事情比這更令人悲傷了。

我說明我們在王都見過面的事，女孩這才終於想起我是誰。我這個人那麼沒有記憶點嗎？要是跟眼前的女孩作同樣的打扮，就絕對不會被遺忘了吧。

優奈說她正要去莫琳姑姑的店，可以帶我去。

可是，優奈是什麼時候回到這裡的呢？

我這麼問，她卻沒有正面回答。她可能是騎馬回來的吧。我稍微想像了一下。打扮成熊的樣子騎馬，真是不搭調。我想她移動的時候應該不是熊的裝扮。

我們漸漸開始看到一棟很大的建築物。

這裡好像就是莫琳姑姑的店，但不知道為什麼，店門口有個抱著麵包的熊石像。雖然已經聽艾蕾娜小姐說過，親眼見到還是感覺很不可思議。二樓和招牌上都有熊。我好奇地看著店面時，優奈走進店裡。我也趕緊跟在優奈後面，走進店裡。

店裡有六個8歲到12歲左右的小孩子。優奈一走進店裡，孩子們露出開心的表情。

優奈對孩子們說話後，孩子往後場跑去。之後，莫琳姑姑和卡琳表姊從後場走出來。她們真的在這裡。雖然有聽艾蕾娜小姐說過，但看到她們兩個人平安的樣子，我才真正放心下來。

真的太好了。

「莫琳姑姑、卡琳表姊，好久不見。」

「涅琳？」

「是涅琳。」

兩人看到我就露出驚訝的表情。

我說明至今為止發生的事，說自己有多麼擔心她們。可是，莫琳姑姑卻說：「我有跟哥哥聯絡過喔。」

她說不管是姑丈過世的事，還是自己要搬到克里莫尼亞城住的事，她都有寫信告訴爸爸。

嗚嗚，一切的元凶好像是爸爸。下一次見到他，我非得質問他不可。他都不知道我有多擔心。

後來，我拜託莫琳姑姑讓我在店裡工作。

「如果妳想在這家店工作，就要好好拜託優奈才行喔。」

「拜託優奈？」

「因為這家店是優奈的店啊。」

我有了新的疑問。這家店是優奈的店是什麼意思？我看向優奈尋求答案，她卻露出嫌麻煩的樣子，不想回答我。

我已經一頭霧水了。

「優奈，這孩子是我哥哥的女兒涅琳。她以前就說想在我家的店工作，我老公答應她，如果她到15歲還是沒有改變心意，就讓她來工作。我也想讓她在店裡工作，可以嗎？」

莫琳姑姑幫我拜託優奈。

優奈說只要我不偷懶或欺負孩子們就沒問題。我當然不會做那種事。我會認真工作，也不會欺負孩子們。

我為了和孩子們好好相處，用笑容跟他們打招呼。孩子們也精神飽滿地回應了我。他們或許很可愛。

店面很可愛，孩子們也很可愛，我很期待在這裡工作。

只有一件事出乎意料，那就是要穿上熊造型的服裝。

一個名叫米露的孩子穿上熊熊制服給我看。優奈的熊熊服裝看起來蓬蓬的，但米露的熊熊制服是可以穿在普通衣服外面的服裝。屁股的部分還確實縫著尾巴。

聽說孩子們會穿著這種熊熊制服工作。所以如果我也要工作，就必須穿上這種衣服。

我沒有多想就一口答應要穿了。仔細想想，這好像有點害羞。可是如果拒絕，我可能就不能在這裡工作了。而且，米露穿著熊熊制服的樣子很可愛。雖然說問題是我穿起來是否合適。

不，工作和服裝沒有關係。能夠得到工作才是最重要的。

聽說接下來要舉辦新點心的試吃會，我也可以參加。新點心好吃嗎？我有點期待。

話說回來，店裡也到處都是熊呢。牆壁和梁柱上也有熊，每一張餐桌上都有擺出各種姿勢的熊，我坐著的桌子上也有一隻倒立的熊。

每隻熊都長得很可愛。這些全都是出自於優奈的喜好嗎？我第一次見到這麼喜歡熊的人。可是，我覺得不必連自己的裝扮都弄成熊的樣子。

我正在店內參觀的時候，店門被打開，有兩位成年女性和兩個小女孩走了進來。我見過其中一個小女孩，我記得她是在王都跟優奈同行的孩子。

我們開始自我介紹。

我在王都遇見的女孩子名叫菲娜，跟她在一起的另一個女孩子是她的妹妹修莉。另外，看起來很溫柔的女性是堤露米娜小姐。堤露米娜小姐是她們兩個人的媽媽，工作是負責這家店後場的各種雜務。

另一名看起來很正經的女性是這座城市的商業公會會長，叫作米蕾奴小姐。竟然有身分地位這麼高的人來參加試吃會，我很驚訝。既然是商業公會的會長，只要是作生意的人，應該都會想要認識她。可是，優奈對公會會長的態度很冷淡。優奈是何方神聖啊？

所有人都到齊後，優奈從熊造型的手套中拿出上面放著草莓的圓形白色點心。

那個熊造型的手套是道具袋嗎？

優奈用刀子切開白色的圓形點心，放到盤子上，我的面前也放了一份。仔細一看，裡面疊著像麵包一樣的柔軟物體，中間夾著白色的東西和草莓。這種點心好像叫草莓蛋糕。

所有人都拿到一份點心後，試吃會開始。

我吃了一口，柔軟的口感和甜味在口中擴散。像麵包的糕體很鬆軟，用叉子就可以輕鬆切開。草莓和白色物體的組合襯托出其美味。我用叉子刮起白色的東西，舔了一口。吃進嘴裡就融化了，甜味擴散開來。

叉子停不下來。所有人都一樣，一邊說著好吃一邊品嚐點心。

這是打扮成熊的優奈做的嗎？我忍不住頻頻看向一身熊裝扮的女孩。說真的，優奈是何方神聖？

旅館的艾蕾娜小姐說她是冒險者，可是那麼可愛的女生不可能是冒險者吧。我想她應該是在開玩笑。她是想要騙我嗎？可是她看起來不像是會做那種事的人。

關於優奈的謎團愈來愈多了。

試吃會繼續進行。大家開始討論到在店裡推出這種草莓蛋糕的事。

我覺得一定要推出才行。我從來沒有吃過這麼好吃的點心。當然，富裕的家庭或貴族可能會吃，但身為平民的我沒有吃過。普通人也可以吃到這種點心，當然要在店裡推出了。

優奈詢問莫琳姑姑的意見，而莫琳姑姑開始考量各種問題。例如有沒有時間做、人力夠不夠，最後莫琳姑姑和卡琳表姊都說沒有時間做蛋糕。

我稍微深呼吸，然後開口說：

「既然這樣，請讓我來做蛋糕。」

討論持續進行，雖然發生了很多事，但最後決定由我來做蛋糕。

我很高興，也很擔心自己是否能勝任。可是，這是我自己提出的要求，而且既然莫琳姑姑和卡琳表姊都忙不過來，我覺得自己必須承擔下來。

那天晚上，我從莫琳姑姑和卡琳表姊口中聽說了至今為止發生的事。

姑丈過世、被黑心商人詐騙，有一群男人來砸店，店面還差點被搶走。可是，優奈在這個時候現身，救了她們。

後來她們答應了優奈的邀請，來到克里莫尼亞開麵包店。

聽說店面的土地、建築物和店裡需要的東西全都是優奈準備的。她到底花了多少錢呢？我光是想像就覺得可怕。

「優奈是哪戶人家的千金小姐嗎？」

「嗯～她本人說自己只是一個冒險者，我也不知道詳情。我沒有問，妳也不可以去問喔。有些事情是很難對別人開口的。」

好想問，我真的好想問。關於優奈的謎團不斷增加。可是，艾蕾娜小姐和卡琳表姊都說優奈是冒險者。

「雖然她看起來不像，但其實是個非常強的冒險者喔。她救我們的時候，也打倒了一群人高馬大的男人呢。」

卡琳表姊說起優奈幫助她們時的事。

嗯～雖然我不覺得卡琳表姊和艾蕾娜小姐在說謊，但我怎麼也無法想像優奈戰鬥的樣子。

「優奈是個非常善良的好孩子喔。」

這我知道。她在王都主動跟有困難的我搭話，還借錢給我。而且我也看得出來，孩子們都非常仰慕優奈。

「因為優奈是那些孩子的救命恩人啊。」

聽說優奈救了所有孤兒院的孩子。很多人都對孩子們視而不見，也有人對他們伸出援手。可是，大多只是有錢人給他們錢和食物。不過，優奈所做的事是提供小孩子也能做的工作，讓他們自力更生，而且沒有強迫他們。

「優奈也有確實讓孩子們休假。她真的是個很為孩子著想的好人，她也說她之所以會讓孩子來這家店工作，是為了讓他們長大之後可以多一個工作的選擇。所以，我也會教那些孩子做麵包。如果將來我先生、我或優奈想出來的麵包可以推廣出去，我也會很開心。」

莫琳姑姑真的很高興地這麼說。

優奈到底是什麼人？我愈聽愈覺得她真的好神祕。

從隔天開始，我只要有時間就會練習做蛋糕。上午，我會和孩子們一起幫莫琳姑姑的忙。開店後，我會在店內接待客人。

「涅琳，這裡沒事了，妳去練習做蛋糕吧。」

我打掃店裡時，卡琳表姊對我這麼說。我聽從卡琳表姊的建議，開始練習做蛋糕。我要盡量練習做得更好、做得更快才行。不管能做得多好吃，動作慢就沒有意義了。讓手法變得更熟練也是練習的一環。

我到莫琳姑姑在王都的店幫忙過，所以我知道，製作商品要付出許多材料費和人事費。如果我要花上好幾個小時才能做出一個蛋糕，店裡會沒有餘力付我薪水。

優奈說用掉很多蛋也沒有關係，要我練習做蛋糕。做海綿蛋糕會用到蛋。

我一開始用蛋用得很緊張，但孩子們做布丁時，每天都會用掉一百顆以上的蛋。看到這樣的狀況，我也覺得心情比較輕鬆了。

孩子們有時間就會做布丁。我一開始不知道布丁是什麼，吃了才知道是非常美味的食物。這也是優奈想出來的食譜，真厲害。

看到孩子們開始用熟練的手法揉麵團、做布丁的時候，我很驚訝。我也不能輸給他們。這家店真是一個不可思議的地方。

我正在練習做蛋糕的時候，優奈突然說要在店裡推出紅茶。甜甜的蛋糕或許真的很適合搭配紅茶。可是就算如此，我也沒有想到要去領主大人的家裡學習紅茶的沖泡方法。去領主大人的家時，或許是我這輩子最緊張的體驗。

我後來才知道，優奈好像認識領主大人。聽說領主大人和他的千金也會來店裡買麵包或用餐。這到底是怎麼一回事？領主大人會來這家店？這在我以前住的城市是前所未聞的事。聽說菲

娜跟領主大人的千金也是朋友。

我已經一頭霧水了。

然後，就在明天，我做的蛋糕終於要在店裡販售了。我緊張得睡不著覺。如果賣不出去怎麼辦？如果客人說很難吃怎麼辦？各種想法在我腦海裡浮現，讓我無法入眠。我原本是這麼多愁善感的人嗎？我蓋著棉被，閉上眼睛。拜託，快睡著……

從窗戶照射進來的陽光喚醒了我。我好像在不知不覺中睡著了。

我馬上換好衣服，前往廚房。我們的早餐總是莫琳姑姑和卡琳表姊烤的麵包。

我借助孩子們的幫忙，製作一個個蛋糕。我製作海綿蛋糕，在上面塗上鮮奶油，然後用擠出鮮奶油的道具裝飾蛋糕，這是最困難的地方。裝飾得不夠均勻，蛋糕就不會漂亮。我用緊張的雙手擠上鮮奶油。

「呼～」

總算是漂亮地裝飾完了。最後要平均地放上草莓，然後切塊。切塊的時候也要均分，否則應該會有客人表示不滿。漂亮地切開後，蛋糕就完成了。

我不斷重複同樣的過程。

店裡擺上了我做的蛋糕。

好緊張。要是沒有人願意買怎麼辦？要是客人說很難吃怎麼辦？我的內心充滿了不安。我應該沒有搞錯做法吧？我沒有把鹽錯當成糖吧？

店門打開了。老顧客來買了一如往常的麵包。然後，有人點了蛋糕。對方是個大約25歲的溫和女性，是我的第一個客人。

她同時也點了紅茶，我按照菈菈小姐教的方法泡紅茶。接過蛋糕和紅茶的客人坐到椅子上。

我好奇得忍不住往客人那裡看去。

客人吃了一口蛋糕後露出笑容，津津有味地把蛋糕全部吃完。這個瞬間讓我非常高興。後來蛋糕一個個賣出去，我做的蛋糕全都賣完了。

不安、放心、感動、高興、喜悅、感謝，這一天讓我體驗到各式各樣的感情。

我一輩子都不會忘記今天的事。

……可是，太忙了啦！

新人冒險者的成長

「荷倫用魔法阻擋從右邊來的野狼，布魯托和我站正面，拉特找機會放箭。」

我對大家下指示，朝正面的野狼發動攻擊。我記著優奈小姐教過的事情，在戰鬥時開始注意到各式各樣的事。

我開始練習觀察對手的整體情況，以前只能看到眼前的敵人，現在卻能看到周圍的情況，得知誰在跟什麼魔物戰鬥、誰有危險、誰的手空了下來，能更容易下達指示。

可是這麼做有個難處，那就是容易被周圍的情況分散注意力，讓自己陷入危險。

優奈小姐說，有時候集中精神對付眼前的敵人也很重要，這部分的切換時機只能靠自己判斷。優奈小姐說的事情很困難。

可是，現在就算同時遇到幾隻野狼或哥布林，我也不會慌張了。拉特從布蘭達先生那裡學到弓箭的技巧，布魯托從基爾先生那裡學到戰鬥方式，荷倫的魔法經過優奈小姐的指導變強，我也受到優奈小姐和基爾先生的教導而變強了。

其他冒險者也教了我們很多。跟第一次來克里莫尼亞的時候相比，我們確實變得更強了。爸爸和媽媽可能都很擔心我們，或許應該久違地回去村子一趟。

「你們真的變強了呢。」

海倫小姐高興地對回來報告的我們說。

「你們剛來的時候我還很擔心。但經過這幾個月，你們真的變強了。」

有種受到認同的感覺，我很高興。

「這也是多虧優奈小姐教我魔法。」

荷倫代替我回答。荷倫的魔法真的變強了。原本那麼微弱的魔法經過優奈小姐的指導，現在已經可以一個人打倒野狼了。

荷倫之前說過「如果我也打扮成熊的樣子，就能變強嗎？」，但我覺得那是不可能的。

「呵呵，優奈小姐好像很喜歡荷倫呢。」

聽到海倫小姐這麼說，荷倫很高興。

荷倫真的很受優奈小姐喜歡。很少有人願意那麼仔細地教別人使用魔法。不只如此，每次見面時，她都會請荷倫吃飯。雖然我很羨慕荷倫，但她好像覺得「感覺像是被晚輩請客，很讓人過意不去」。我不知道優奈小姐幾歲，但荷倫看起來比她稍微年長一點。在我看來，她們兩個人都差不多。對荷倫來說，優奈小姐的熊裝扮似乎看起來比較年幼。

「海倫小姐，優奈小姐是什麼人呢？她很擅長魔法，劍術也很厲害。」

「一般來說，會說不能透露個人資料，可是實際上，我們根本不知道任何關於優奈小姐的事，例如她是從哪裡來的、為什麼是一個人、為什麼打扮成熊的樣子。」

「優奈小姐一定是從熊熊之國來的。」

荷倫說出這種傻話。可是，海倫小姐說：

「或許真是如此呢。因為她有熊緩和熊急這兩隻熊熊召喚獸，連房子也是熊的樣子。」

這麼說的確沒錯，可是根本不可能有熊熊之國。我們報告完結果，領取狩獵的報酬。今天就去吃些好吃的東西吧。我們正要離開的時候，海倫小姐叫住了我們。

「對了，有一件到森林巡邏的工作，你們要做嗎？」

海倫小姐突然想起來似的問道。

「巡邏？」

「就是為了不讓魔物出現在主要道路上，在森林等地周圍巡視的工作。」

喔，我有聽說過。

冒險者有一種工作是定期巡視城市和幹道附近，確保安全。如果有魔物大量出沒，首先要向公會報告。而公會會根據魔物的數量來決定要派遣的冒險者階級。也就是說，我們的工作是確認魔物的出沒情況。

就算不打倒魔物，只是巡邏就有錢可領。可是如果被發現隨便亂報告或說謊的話，就會失去冒險者同伴的信任。但只要認真做，就是一份輕鬆好賺的差事。

「以你們現在的實力，我想應該沒問題。」

這份工作並不危險。不過，既然被分配到這份工作，也就表示公會認同我們。我望向荷倫等人，他們微微點頭。

「我們做，請讓我們進行。」

「那麼，這是森林的地圖。請不要忘了記錄你們經過哪裡、在哪些地方看到了魔物、有沒有打倒。」

我們後來跟優奈小姐提起這件事時，她很驚訝地說「還有那種工作啊！」。優奈小姐那麼強，根本不會分配到這種工作吧。

我們為了探索而來到森林。

「只是到森林裡走走就可以拿到報酬，很輕鬆呢。」

「可是，要好好巡視才行喔。」

「這我當然知道。我們今後可能也會來這座森林，先掌握森林裡的環境也很重要。」

如果遭到魔物襲擊，逃走的時候可能會在森林裡迷路。如果先掌握森林裡的地形，就能決定逃跑的方向了。

要是被逼到懸崖邊就完蛋了，所以掌握周圍環境很重要。

「沒有魔物呢。」

「最好至少出現幾隻就是了。」

打倒魔物就能拿到追加報酬。

「辛，不可以因為這樣就大意喔。」

「我知道。布魯托，後面交給你了。」

我走在前頭，接著是荷倫、拉特，最後跟著布魯托。

我一邊確認地圖和周圍一邊前進。我們在途中渡過一條小河，來到一個視野很好的地方。就跟地圖一樣。

「這裡很寬敞，應該很適合戰鬥。」

「剛才的岩山沒有退路，很危險。」

剛才經過的地方有很高的岩山，要是被逼到那裡，應該很難脫身。

「辛，你看那邊，是哥布林。」

「總共三隻啊。」

有三隻哥布林正背對著我們坐著。

「要打倒牠們嗎？」

「也對。要是跑到幹道上就危險了，在這裡打倒牠們吧。」

如果太晚打倒魔物，會讓通過幹道的人暴露在危險之中。我們決定戰鬥。

……我們毫不費力地打倒了三隻哥布林。可是看向周圍，有其他的哥布林包圍了我們。數量有十隻——不，二十隻以上，敵人太多了。

「我們快逃。」

我們看準破綻逃跑。可是，同伴被殺死的哥布林一邊怒吼一邊追了上來。我們沿著原路奔跑。因為平常都有在跑步，我和布魯托沒有問題。可是，拉特和荷倫氣喘吁吁，看起來很痛苦。再這樣下去會甩不掉敵人。

該怎麼辦？再這樣下去，我們會因為體力耗盡而被逮到。到時候，我們會被二十隻以上的哥布林殺死。我開始思考，腦中浮現優奈小姐的話。

她說：「如果情況不利於戰鬥，就移動到對自己有利的場地。」

她也說過，「你有能力打倒哥布林和野狼，只要一隻隻打倒就行了。」

她說可以在狹窄的通道上、在橋上戰鬥，也可以爬到樹上用箭或魔法打倒敵人。這麼做並不是卑鄙，安全地發動攻擊是最重要的。只不過，難處在於被敵人追趕的時候沒有時間爬樹，這裡也沒有橋或是狹窄的通道。

既然如此，自己創造就好。

「我們走這裡。」

「辛，那裡是……」

「再這樣下去會逃不掉，戰鬥吧。」

我們來到有岩山的地方，背對岩山。

「我們在這裡戰鬥。待在這裡，戰鬥時就不用注意後方了。」

雖然無法逃跑，卻能確保後方的安全，不必擔心有敵人繞到背後。如果後面是安全的，就可以只集中於前方。而且，優奈小姐說過，如果敵人太多，一隻隻打倒就行了。我們只要創造那種情況就好。

「荷倫！妳能做出牆壁嗎？」

荷倫從優奈小姐那裡學到的不只有攻擊魔法，還有土魔法的應用。

「是可以，但是靠我的魔力，很容易就會被打壞了。」

「沒關係。妳只要做出牆壁，引導哥布林走的方向就行了。」

荷倫依照我的指示，做出牆壁引導哥布林。哥布林只要看得見我們就不會特地破壞牆壁，往這裡跑來。

「布魯托從右邊攻擊，我從左邊攻擊；拉特找機會從縫隙射箭；荷倫確認周圍，維持住牆壁。」

所有人點點頭。

……結束了。

我們打倒十五隻左右的哥布林時，剩下的哥布林逃走了。

「我們得救了嗎？」

「好像是。」

我們坐到地上。

「不過，真虧你想得到這種方法。」

「我只是想起優奈小姐教我的事。她說如果怎麼樣都逃不掉，非戰鬥不可的時候，就要盡量創造對自己有利的狀況。」

「所以才要背對岩山，叫荷倫在左右兩邊做牆壁啊。」

「因為我有看過荷倫練習。」

我知道荷倫會模仿優奈小姐，練習製造牆壁。可是，我也知道她的牆壁不足以抵擋攻擊。

「幸好哥布林的智能不高。要是牆壁被打壞，那就危險了。」

幸好我有聽優奈小姐的話。

後來我們離開現場，在安全的地方休息，然後回到城裡向海倫小姐報告，結束這份委託。雖然無法確認到所有的地方，但我們回報了哥布林集體出沒的可能性。

聽說近期內會再次展開調查。

雖然這次吃了苦頭，但希望我們總有一天能變得更強，能像優奈小姐和基爾先生一樣打倒強大的魔物。

後記

謝謝您拿起《熊熊勇闖異世界》第七集。時光飛逝，自從第一集發售後已經過了兩年。每一集推出的時候，我都很擔心會被腰斬，但現在距離夢想中的二位數大關已經只剩三集了。這也是多虧各位讀者的支持。當初我沒有想過熊熊的世界可以持續這麼久。基本上優奈雖然總說是為了自己，卻是個會為他人努力的女孩。希望在優奈享受樂趣的同時，周圍的人也能得到幸福。

第八集預定於年底發售（註：此指日本方面）。熊熊的世界還會繼續發展下去，請大家多多關照。

在第七集，受到艾蕾羅拉小姐的請託，優奈前去掃蕩出現在礦山的魔偶。可是，在坑道這種狹窄的空間裡沒辦法發揮熊熊外掛的能力。用力過猛就會引發坑道崩塌，變成一場大災難。優奈會尋找解決方法，克服困難（？）。

然後，新角色莫琳小姐的親戚——名叫涅琳的女孩登場。她是莫琳小姐哥哥的女兒，以前她父親因為工作而出遠門時，她會到莫琳小姐家暫住一段時間。因為如此，她對做麵包產生興趣，約好在15歲的時候到莫琳小姐的店裡工作。而涅琳要在優奈的店做蛋糕，店裡的生意也會愈來愈好。

第八集會描寫到熊布偶的故事。敬請期待。

最後我想感謝在本書的製作過程中付出心力的各位。

０２９老師描繪出傳說故事風的插畫，包括勇者優奈、菲娜公主、魔女艾蕾羅拉。非常感謝您實現作者的請求，我心裡充滿了感謝之意。

我的誤字和漏字總是給編輯添麻煩，還有參與《熊熊勇闖異世界》第七集出版過程的各位，謝謝你們。

感謝閱讀本書至此的各位讀者。

那麼，衷心期待能夠在第八集與各位相見。

二〇一七年七月吉日　くまなの

Kadokawa Light Novels

我的妹妹哪有這麼可愛！ 1~12（完）

Kadokawa Fantastic Novels

作者：伏見つかさ　插畫：かんざきひろ

「——我想做人生諮詢。」
京介與桐乃的結局會是——？

想起老哥以前的模樣後，忍不住就提出了人生諮詢的要求。而那傢伙也真的為了讓超討厭的我交到御宅族朋友而盡心盡力。這個由人生諮詢開始，在相當普通的兄妹之間所發生的，有些特殊的故事。現在，我就要揭開自己一直隱藏的祕密了。

各 **NT$180~250/HK$50~70**

台灣角川

國家圖書館出版品預行編目資料

熊熊勇闖異世界 / くまなの作 ; 王怡山譯. -- 初版. -- 臺北市 : 臺灣角川, 2018.04-
冊 ; 公分
譯自 : くまクマ熊ベアー
ISBN 978-957-564-134-4(第6冊 : 平裝). --
ISBN 978-957-564-477-2(第7冊 : 平裝)

861.57　　107002530

Kadokawa
Fantastic
Novels

熊熊勇闖異世界 7

（原著名：くま クマ 熊 ベアー 7）

2018年10月25日　初版第1刷發行
2022年3月18日　初版第3刷發行

作　　者：くまなの
插　　畫：029
譯　　者：王怡山

發 行 人：岩崎剛人
總 編 輯：蔡佩芬
編　　輯：邱瓈萱
美術設計：黃永漢
印　　務：李明修（主任）、張加恩（主任）、張凱棋

發 行 所：台灣角川股份有限公司
地　　址：104台北市中山區松江路223號3樓
電　　話：（02）2515-3000
傳　　真：（02）2515-0033
網　　址：www.kadokawa.com.tw
劃撥帳戶：台灣角川股份有限公司
劃撥帳號：19487412
法律顧問：有澤法律事務所
製　　版：尚騰印刷事業有限公司
ＩＳＢＮ：978-957-564-477-2